大是文化

大是文化

松浦彌太郎

寫給凌晨五點的你

不想一個人、不想上班、
覺得人生進度落後了……
美學大師的微建議，
關於生活中那些不美的事

日本美學大師
松浦彌太郎—著

林佑純—譯

AM

泣きたくなったあなたへ

目錄
CONTENTS

推薦序一

放鬆力道的優雅人生

旅日作家／**張維中**

每次去中目黑（編按：位於東京目黑區），途經目黑川旁的「COW BOOKS」書店時，總會踏進店裡晃晃。倘若想在這間書店裡，能夠從日本豐富的出版品中，獲得東京最新潮流，恐怕會是失望的。但是如果你願意品味一種風格，坐下來喝杯咖啡，透過架上的選書，感受質感與優雅兼具的生活態度，那麼我想這裡可以滿足你。

這是松浦彌太郎開的書店。空間不大，以販售二手書為主，整個空間盈滿著現代極簡風格的日式美學。每次當我走進這間書店時，都會不禁思考：「是怎麼樣累積出來的生活經驗，養成了松浦彌太郎挑選這些書的結果？」在這些閱讀傾向的耳濡目染之中，必定也培養出他的世界觀，潛移默化的影響著他，讓他寫下許多本談論生活、美學和工作態度的著作。

從日本到臺灣，有許多喜歡松浦彌太郎作品的讀者。曾有一位喜歡他的讀者與我分享，松浦彌太郎總是可以用很簡單的文字，述說日常裡的細微情緒，分享自己的觀點，再用宛如親切長者的口吻，鼓勵讀者認真生活。

夜間限定，讀文字也讀你心

這本《松浦彌太郎寫給凌晨五點的你》最特別的一部分，是當初發表文章時，設定好在每天晚上八點以後發文，然後到了凌晨五點，文章就會消失。這是一段僅在夜裡，期間限定的閱讀陪伴。夜半時分，總是最容易有難以言喻，甚至自己也無法理解的情緒充斥在心頭。因為有了這樣的時空設定，閱讀文章的對象及文章的主題，也鎖定在適合深夜、可以一個人靜靜藉著閱讀，再緩緩的整理起思緒。

書裡提到的許多想法，我想對於想要追求生活平衡、情緒靜穩的人來說，都很值得借鏡。例如他不斷強調，語言會化作可怕的利刃，傷人傷己，留下傷痛回憶。因此在緊要關頭忍不住要冒出來的話，請務必冷靜下來，選擇恰當的言辭才行。另外也建議，寫下自己想學習、想保持、想守護的事，一一條列在一張紙上，隨身攜帶著，那將會成為一張神奇的護身符。

最令人印象深刻的，莫過於他說了一段學習優雅站立的小故事。想要優雅的站立，原來只有一個竅門，就是放鬆力道。咀嚼著這句話，我想，人生確實不該過度用力。唯有不緊繃的姿勢，才有辦法能屈能伸。於是，當不順遂之際，才得以用柔軟身段，游刃有餘的閃躲那些衝著自己而來的苦難。

（臺北人，現居東京。大學時以長篇小說踏入文壇。近作為小說《餐桌的臉》、遊記《日本・三日秘境》與散文《東京模樣》。）

●「張維中。東京模樣」：

https://www.facebook.com/weizhong925/

推薦序二

「我想我已經和我的不安全感和平相處」

姊妹淘專欄作家／蔡侑霖

仔細讀著松浦彌太郎的新書《松浦彌太郎寫給凌晨五點的你》，你會深刻發現，自己的內在與外表，徹底被撕開、看透，甚至侵入許多人不敢面對的——寂寞。

在看這本書時，我發現自己與松浦彌太郎，有個不約而同的共識「所有事情，都有其存在的價值。」這一直是我的信念。本來，若是不斷煩惱接下來會發生什麼事，縱使對結果相當有把握，但過程懷著不安、不斷質疑，即使最後真的成功，內心還是不踏實，也無法掌握其中的要訣；若結果失敗了，那更可能被負面情緒壓垮。然而，若能了解所有事情都有其存在的價值，自然就能免除這些煩憂，全心的投入當下，就算結果不盡理想，也能從中學到經驗，這就是我能與不安全感和平相處的關鍵。

獨處，是為了拾回自己

在書中我體悟到的是，能與自己好好相處非常不容易，然而作者卻做得很好，甚至能與自己不太完美的那一面和平共存。拿我自己為例，當其他人邀約狂歡、夜夜笙歌、努力融入人群時，我卻選擇能盡量待在公司就繼續加班、寫著提案，彷彿把自己邊緣化，甚至隔離。我也了解，這樣做可能會被旁人貼上「怪人、難親近、工作狂」的標籤。但我認為，只要懂得與自己共處的人，才能不斷的提升自我；唯有不盲目跟隨人群的人，才能體悟真正有品質的生活。

環顧四周，無論工作或生活中，許多人總是習慣跟一群人一起行動，聚會也好、餐敘也罷，這些場合上的話題，多半是言不及義的閒聊，甚至讓一群人花上大把時間，聽某個意見領袖吹噓一整晚。

如果白天為工作而忙，晚上還得花時間與人交際，久而久之就會感覺到，自己好像變得空蕩蕩的，明明行程排得很滿，心卻很空。這就是把自己遺失的過程。

而獨處，正是把自己拾回的過程。無論是一個人看場電影、吃頓飯、讀一本書、流流汗……做什麼都好，唯有暫時隔絕外界的紛擾，你才能讀懂內心的嚮往。進而用適合自己的腳步，繼續前進。

我們，都得知道什麼時候該暫停！

作者還提到一句很有意思的話：「不想生氣的話，就笑一個吧。」其實就是在我們即將衝動時，給自己一個暫停的機會。

這讓我想起自己年輕時，那時剛退伍、踏入職場不久，總是血氣方剛、橫衝直撞，因此不小心就會與人爭執，也容易遭到誤會。就像作者所說的，那時急著想證明自己，希望獲得對方的認同，但拚命證明的結果，卻把狀況弄得更糟。後來，我發現只要在冒冒失失做事或說話之前，先停下來思考一下，就能扭轉局面。比如，當你被他人激怒，當下很想不顧一切，要和對方拚個你死我活時，這時如果能在意識上告訴自己：「等一下！」就可能避免一場衝突；這招在消費時也很有用，當你在拿出錢包或按下結帳鈕的那一刻，冷靜三秒，很可能就能挽救一場破財危機。但喊暫停這件事，做起來的確沒這麼容易，我也還需要更多的練習。

話說回來，無論遇到再困難的狀況，或是無法迴避的爭執，千萬不要抱怨，畢竟「所有事情，都有其存在的價值」。當我們不斷的抱怨，就很容易產生後悔、失落的情緒，這些負面情緒會不斷的消耗你的能量，就很難繼續走下去。

所以，不妨阿Q一點，像我年輕的時候，遇到真的過不去的事時，就告訴自己：「沒差吧！反正睡一覺天就亮了，醒來又是新的開始！」好好睡上一覺，隔天又能找回滿滿的能量。而面對身旁總是在抱怨的那些人，最好敬而遠之、為自己設立防護罩，避免被對方散發出來的負能量掃到。

如果你剛好對人生也有些迷惘、不知如何面對那些不美的事，不妨參考作者的做法，必能幫你的人生持續加溫，回到最棒的狀態。

（本文作者是設計師、時尚買手、lifestyle 生活及時尚部落格專欄作家。時常飛行許多城市的男子，對於個人想法及分享，一個發聲獨白關於工作旅行及生活日誌，時常需要一瓶紅酒、需要音樂，有自己想法的天蠍座A型。）

● 「蔡侑霖 DannyTSAI」：
www.facebook.com/danny.tsaiyoulin

作者序

獻給——凌晨五點未眠的你

隨著年齡漸長，我們能做的事越來越多。

對於大多數的事，也能找到適當的應對方式了。

但不知為什麼，伴隨著年齡增長的同時，心中也會產生莫名的不安。這樣的感受在轉眼間，如同雪球般越滾越大，幾乎就要把自己吞噬一般，令人無法視而不見。

大部分的人都能將這些對人生的徬徨藏得很好，尤其在人前，就像什麼事也沒有發生一樣。但每到夜裡，它們總會悄無聲息的爬上床，逼得你只能瞪著眼睛與它凝視，無論再怎麼累也睡不著。

在失眠的夜裡，即使靜靜的躺在床上，腦海中就會閃過無數的想法。對未來的不安、內心的軟弱……一整天下來的負面情緒。

「已經無法繼續欺騙自己。」你知道，自己必須面對這些情緒才行。

雖然大腦如此理性，卻很難控制住情感，每當這種時候，想哭的情緒就會一湧而上，一個不小心，眼眶中打轉的淚隨時都會漫出來。我發現，隨著年紀越大，睡不著、想哭的夜晚似乎也會越來越多。在這樣無助的夜晚，我開始寫起信來。

一開始，不是特意想寫給誰，只是在寫信的過程中，心中的不安和寂寥，似乎也能隨之紓解。

後來，將這些信上傳到名為「生活基礎」的網站，設定成每晚八點後才會出現，直到凌晨五點就會消失的快閃專欄。

因為，網路是個二十四小時都能與他人互動的媒介。即使讀者看了沒有回音，但只要想到「這一刻，一定有人聽聽這些想法，或許就能理解我的心情」，這樣的念頭成了我的救贖。那些來自讀者的留言，也化作我的心靈支柱，帶著感激的心情，讓我更用心的回覆這些訊息。因此，我將原本只會在晚上八點到凌晨五點出現的文章，匯集成冊。

與網頁版不同的是，我將自己寫的這些信，以及從讀者留言中獲得的能量與想法，化作「微建議」，收錄於每篇文章之後。

在睡不著的夜晚，如果這本書能陪伴在你身旁，將是我莫大的榮幸。

獻給，凌晨五點未眠的你。

第1章

嘿，睡不著嗎？我也是

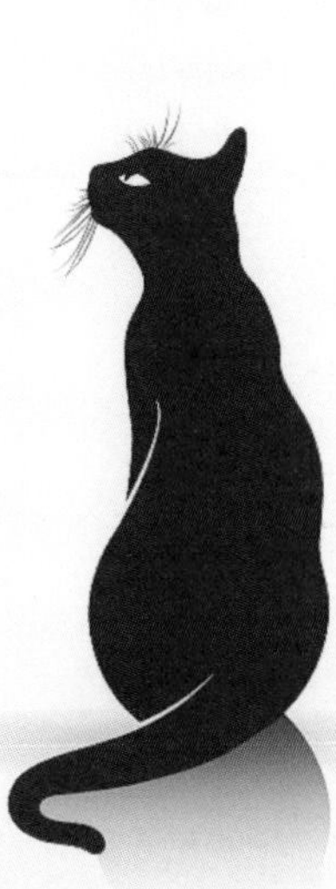

1 給接近上班時間的你

每天早上起來，越接近上班的時間，就感到越煩躁。

不管我如何思考、探索、反覆挖掘，還是找不到這情緒的肇因。

然而，誰也無法說不去上班就不去上班、想休假就休假。畢竟，為了生活，我們還是得混口飯吃。

因此，我每天早上起來會這麼告訴自己：「我絕對可以做到，無論任何困難都難不倒我……別擔心，一定會好起來的。」不斷用這些話洗腦自己，直到自己被催眠為止。

這樣做不只能幫助你再次相信這個世界，也能讓你重新相信自己。

對我而言，這就像是在向宇宙下訂單的儀式。

首先，用鼻子深深的吸一口氣，再用嘴巴緩緩吐出，那些煩惱、不安，就會神奇的隨著呼吸被代謝到體外。

如果能每天持續這樣做，你漸漸會發現自己的狀態一天比一天好。

無論昨天過得好不好、今天起床是什麼心情，只要每天這樣做，所有的憤怒、不安、焦慮、壓抑等情緒，都能被代謝掉，並且找回源源不絕的力量，重新出發。

當你覺得你可以，就沒有事能難倒你。

微建議 1

⊙面對難題，先誠實的抒發情緒，才能好好收拾。

當人生遭遇一些艱難的局面，例如出了錯、麻煩纏身，就算是一些常見的小事，人也不可能無動於衷，內心難免會產生動搖。假如現在遇到讓你覺得「慘了！」的事，請先試著誠實的面對自己的情緒，無論是不爽、憤怒、緊張、傷心等都不要緊，甚至該好好發頓脾氣。唯有這樣，才能把情緒上的垃圾收拾好、將腦袋淨空，好好的思索對策。當你明白「再壞也就是這樣」時，反而能做好心理準備，安心的熄燈、就寢。

⊙所有事情，都有其存在的價值。

無論是在工作或生活上，有時總會遇到比較情緒化、感到憤怒、心生怨懟的時候。在這種時候，可能會覺得自己「被犧牲了」、「遭到背叛了」……越是這樣想，就越容易讓自己深陷情緒風暴中。面對困境時當然可以軟弱，但不能洩氣太久。

下次再遇到這種狀況，可以試著站在鏡子前對自己說：「為了成為更好的自己，這些痛苦都是必須的。」這句話，將帶你找到更強大的自己。請試著站在鏡子前，對自己說道：「這些對自己而言，都是必須的。」

⊙每天，都是新的練習。

回首自己一路走來，或許沒幾件事是順心如意的，但換個角度想，這也是人生有趣、新鮮之處。「今天，我想練習成為怎麼樣的自己？」就把這句話當成一天的起點。這麼一來，你必然能更接近理想的狀態。

◎當懂得說感謝，就表示一切過去了。

在經過一段時間之後，再回首那段辛苦的日子，就能體會「原來一切都是必須的」，雖然當下痛苦萬分，但再回首時，不可思議的是，內心總會湧現感謝的心情。

2 我有護身符，你呢？

我在隨身攜帶的筆記本中，夾了一張對折過的紙。那是我寫給自己的護身符。是自己心中，想保持、想成為、想守護、想學習的事物。

其中或許有不少彷彿白日夢的想法，甚至可以稱為是遙不可及的理想。有少部分看在別人眼中，可能還會感到納悶「做這件事到底能幹嘛……」，也可能會認為只是一些不起眼的事，但這張紙對我而言，是自己專屬的護身符，我可以隨時重新檢視上面的內容，自由改寫、添加。

我的護身符上所寫的，就是以下的內容：

- 誠實。
- 親切。
- 盡可能坦率。
- 認真享受工作。
- 不逃避困難和不順心的狀況。
- 別忘了每個人都有血有肉，都是具有獨立的情感與思考。
- 不求快、不強求、不易怒。
- 維持良好的禮節、保持整潔。
- 莫忘笑容。
- 不倚賴群體。
- 打招呼、道謝不嫌多。
- 保持平心靜氣。

- 多觀察周遭。
- 不僅以頭腦思考，也要多傾聽心的聲音。
- 發揮想像力。
- 成為獲得金錢喜愛的人。
- 成為同時具有遠見與擴大視野的人。
- 能品嘗出食物的美味。
- 仔細欣賞美麗的人、事、物。
- 察覺、注意到小細節。
- 了解練習、等候、持續的重要性。
- 不破壞、不違背、不苛責。
- 擁有發掘優點的能力。
- 維持身體健康，早睡早起。

- 不過度在乎面子。
- 盡己所能。
- 重視自我思考。
- 多忍耐。
- 不張揚、不好勝、把自己擺在最後一位。
- 認真、全力以赴。
- 重視休閒時間。
- 相信自己。
- 承認失敗，是勇氣的象徵。
- 樂於助人、愛人。
- 欣賞所有人與事。
- 抱持著感謝的心。

雖然都只是些理所當然、微不足道的小事。但只要帶著這張護身符，每當心煩意亂時，我也能在短時間內找回平靜。

微建議 ②

⊙讓這些小事，成為你的巨大能量。

當內心紛擾不已時，即便想定下心來思考，腦中有時還是會感到一片混亂。為了能站穩腳步，請將護身符中的詞句，當成自己的好幫手，**事先將對自己而言，別具意義的事物與價值觀寫在紙上。**

⊙今天的決定，成就明天的你。

如果你認為，自己已經抵達一定的目標，那就是曾經堂堂正正面對各種狀況的證明。換言之，「現在的自己」，取決於過去如何面對眼前的考驗，是否能夠不逃避、正面迎戰，並從中獲取經驗？這種種的抉擇，將決定你明天的樣子。

⊙徹底運用經驗，是為了對得起努力通過考驗的自己。

討厭的、辛苦的、經歷過的那些事，是人成長所需的養分，儘管當下再折磨、覺得就要撐不下去，然而隨著時間，這些記憶總有一天會逐漸消散。因此，每當有所收穫的時候，我都會寫下來。或許哪一天，這個念頭或想法，就會成為救了我自己，甚至幫助他人的關鍵。畢竟，最有效的運用這些經驗，才能對得起努力通過考驗的自己。

3 看起來優雅的祕訣——別太用力

我在二十幾歲時，認識了青山「Bar Radio」的老闆尾崎浩司[1]。那時候，我極度崇尚美的事物，但說穿了就是二十歲出頭的小夥子，沒多少能耐，還有些傲慢無禮。

眾所皆知，「Bar Radio」是一家匯集各業界菁英的知名酒吧。

我第一次接觸這間酒吧，是由一位年長的友人帶路。我想那位友人是因為太了解我聽不進別人建言的個性，於是想讓我會一會那裡的老闆尾崎，從他身上學習一些我所缺乏的特質。

「尾崎先生，可以說是現代的千利休[2]啊。」記得那位朋友是這樣向我介紹尾崎老師的。後來，他將我介紹給尾崎老師，並對老師說：「他就交給你了。」

尾崎老師聽了只是會心一笑，回答：「我知道了。」

我與尾崎老師因此結識。在這段關係中，我要分享的是，他第一件教導我的事情，那就是「站姿」。

「你試著站挺身子。」聽他這麼說，我在原地站直了，但總覺得哪裡不

1 日本頂尖的調酒師，經營「Bar Radio」超過四十年，酒吧的每一個細節，都是經營者尾崎以嚴謹的美學理念創造出的成果，來這裡喝酒的客人最好穿上正式的服裝，這樣才能與酒吧的環境相配。「Bar Radio」也是東京為數不多的嚴禁吸菸的酒吧之一，若想在這家店目睹到尾崎大師的調酒過程，一個月只有十天的機會。

2 千利休（一五二二年至一五九一年四月二十一日）是日本戰國時代著名的茶道宗師，被稱為茶聖。

對。「好像有點歪歪的？」、「某一邊的腳好像用力過頭了？」結果我的身體晃來晃去，根本無法好好站著。

「你先練習該怎麼優雅的站立吧。」尾崎老師看完我的站姿後，只說了這句話。

說來慚愧，姿勢良好、站直、不晃動、保持能長時間優雅站立的姿態。這看似理所當然的事我卻做不好，倒是尾崎老師耐心十足，不斷給我建議。

當時我驕傲到，根本聽不進去任何一句旁人的話，但不知為什麼，我從一開始就能接受尾崎老師的指導。

每當老師說：「你好好看清楚我的動作，仔細從旁觀察。」於是，我就乖乖照做，盯著尾崎老師的動作，察覺到許多小細節。

經過他的指導後，我終於聽到他的讚美：「嗯，很美。真的很優雅。」

這是我們相識半年後的事了。

「若是連這樣瑣碎的事，都能做到這個水準，我相信你做任何事都沒有問題了。」尾崎老師誠摯的說。

當時尾崎老師臉上的笑容，令我至今仍難以忘懷。而那當下受到尾崎老師肯定的雀躍，那句讚美，也成了我每一次起身、站直的叮嚀。**終於學會「站好」這件事**，甚至令我感覺到，這是我自出生以來學到最重要的技能了。

想優雅的站立，其實只有一個竅門，就是「放鬆力道」。而這件事，卻讓我花上至少半年的時間，才真正領悟其中的道理。就算距離我們初次見面至今，已過了二十多年，現在我仍會不時從尾崎老師的角度，檢視自己的站姿是否優美。

雖然這樣的目標看似有些微不足道。但我想確實成為一位，能優雅站好的人。

如果問現在的我，你的初衷是什麼？我會回答：「優雅的站著。」當被問到曾經學到什麼重要的事？我也會回答：「優雅的站姿。」我想，這裡就是我的起點吧。

直到現在，我仍不斷的提醒自己：「放鬆力道，才顯得優雅。」

微建議 3

⊙因為身體總有一天得還回去，更要好好珍惜。

我們來到這世界上兩手空空，離開時多半也是如此。無論是多麼美好、貴重的物品，最後什麼也帶不走。不僅是頭銜、事業、金錢等身外之物，就連自己的雙手、雙眼、臉蛋、雙腳、身體，也都是借來的。既然是暫時借來的東西，就更該好好的珍惜。

4 忍不住大喊「#!可惡」時

我在二〇〇五年十月，加入生活手帖出版社[3]，不久於二〇〇六年一月二十五日，負責發行生活手帖的改版號。

一月二十五日，改版號發行日當天，成為我人生中相當重要的日子。

那天，我幾乎快被不安與恐懼、批判與責備的聲音給壓垮。在改版中所主張的「打造適合全家人閱讀的刊物」，也因為讀者分眾化的趨勢，進而影響雜誌的總發行冊數。

雖然，那時的內容稱不上極佳，但也是我傾注全力的作品，是我突破自己的一大挑戰。我幾乎把所有的籌碼，都押在這本改版號上，可以說是我用生命發行的刊物。

在改版號出版兩天後，也就是一月二十七日，我收到了一位女性寄來的明信片。背面寫著對於生活手帖改版號的感想，以及許多鼓勵我的話。

「我覺得很棒，能夠感受到全新的氛圍，還有松浦總編輯為這本雜誌，耗費了多少心血……」讀到這裡，我內心緊繃的神經忽然「啪」的一聲，斷了。這段時間內所有不安、焦慮、迷惘、痛苦、混亂的情緒，幾乎全部湧上來，令我當場哭了出來。

流下那些眼淚，我才真正感覺到自己得到安慰。那時，根本沒有任何人願意與我分享，讀完改版號後的想法，無論是在公司或相關業界，幾乎大多

3《生活手帖》（《暮しの手帖》）是日本的家庭綜合生活雜誌，每兩個月發行一冊，現在以東京都新宿區北新宿為據點。

數人都無法接受我的想法，那時的自己，就像被整個產業孤立的孩子，既想證明些什麼，又感到特別無助。

許多人僅僅看到，封面是設計大師仲條正義[4]繪製的金魚缸時，不解的問我：「為什麼在冬天發刊的雜誌封面放金魚缸？」但我深信，仍然有一個人願意站在我這邊，沒想到她會特地寫信給我。

寄出那張明信片的人，是一位知名的資深媒體人，她出版的雜誌更深受讀者喜愛，她在出版日當天就買了《生活手帖》的改版號，並在當天寄出明信片。除了她以外，也沒有其他人會為我做到這個程度了。

我過去在她擔任總編輯的雜誌上，連載了近八年的散文隨筆。由於擔任生活手帖的總編輯一職，也辭去了連載專欄的工作，給對方添了不少麻煩，但她仍願意以這種方式捎來鼓勵，對我來說，沒有什麼比這個更令人感動的事了。

捨棄自尊，忍耐到底

之後，又過了三年的時間，我在某場活動上有幸再度見到她。當時，《生活手帖》的銷售狀況遠不如預期，我身為總編輯自然為此感到苦惱，幾乎每天都無法好好入睡。現在我才能坦然承認，那段時間我為此開始接受心理諮商（為了根治，療程仍持續至今）。

在活動上，我問了那位總編輯一個問題。

「要長期從事一份工作，妳認為需要哪些特質？」

她當時是這麼回答的：

4 日本當代平面設計大師，畢業於東京國立美術與音樂大學美術系，後來接任資生堂免費企業形象刊物《花椿》的美術總監。多年來《花椿》獲獎無數，是日本流行時尚的先驅，全盛時期每月發行量達十萬本。

「捨棄自尊。還有，忍耐到底。」

這個回答令我感到十分驚訝，並且不禁心生疑惑：「咦？是這樣嗎？」

「捨棄自尊，忍耐到底。」我在心中重複了好幾次這句話，那個時候我還無法明白，這兩項再平凡也不過的特質，怎麼能帶來如此巨大的影響。

但過沒多久，我就發現她說得一點也沒錯。仔細想想，**自尊心過高正是自己最大的痛處**，因為老是自我中心的毛病，讓我吃了不少苦頭。

不僅如此，想到那位總編輯一手打造的驚人業績，都是出自這兩項覺悟時，我的胸口頓時如同承受了一拳般疼痛，情緒一下子翻騰了起來。原來，這才是努力的樣貌。

於是從那天起，我下定決心為《生活手帖》開拓全新格局而努力，並將那兩項要素記在心頭。

就這樣，我擔任了九年《生活手帖》的總編輯。

一開始跟公司約定的目標，也在二〇一五年三月順利達成了。

「捨棄自尊，忍耐到底」乍看字面上的意思，可能不怎麼叫人印象深刻，但越是思考，越會發現其中的深層涵義。以我的角度來解讀，那是非常積極、嶄新、堅強，卻又柔軟的精神。

簡單來說，就是坦然面對一切考驗，盡可能**修正自我與理想間的缺口**，並且在這段過程中接受所有。

後來，我在二〇一五年七月開始營運「生活基礎」的網站，正是以這兩個要素為原則，所建構出來的新企畫。

即便再累、再苦、再不成氣候，也不該放棄。只要咬緊牙根，繼續前進，總會找到下一扇門。

「捨棄自尊，忍耐到底」確實非常重要，我想，只有這樣徹底的淨空再填滿，才有辦法不斷的超越自我、成為理想的自己。

從字面上來看，雖然是平凡無奇的一句話，但也是最困難的。縱使想貫徹這個理念，仍會遇到不順遂、忍不住想放聲大叫「可惡！」或禁不住流下淚來的時候。

然而，當情緒過後，還是會想起這句話，繼續忍耐到底。

微建議 4

⊙向著光前進，就不是浪費時間。

不少人可能會覺得：「為什麼我的願望這麼難實現？」、「為什麼我就只能負責這種工作？」這些時候，內心一定會感到焦急，覺得自己只是在原地踏步，渴望能夠展現自我。但是，請不要著急，本來，在大放異彩之前，必須耐得住那段看不見前路的灰暗期。就像在隧道中行走，只能朝著光前進，卻不知道還要走多久。而熬過黑暗的唯一方法，就是「向著光前進」而已。按捺住情緒，屏息以待。

⊙「時機」的意思是：需要等待。

做所有事都有所謂的時機。無論是遇見誰、在某領域上有所精進，或是工作上的轉職、調動等，有時就是會像拼圖一樣完美對上，自然會有所發展。善於耐心等待的人，就能適時抓準時機，掌握事情的發展。

5 你想過什麼樣的日子？

在「生活基礎」的網站看到讀者的回應，是我每天中最愉快的時刻。這些訊息出現的時間不太一定，有時是早上、下午，也可能是夜晚甚至凌晨，或許多數人都是趁著比較有空的時間，將想說的話一字一句，仔細敲在鍵盤上，因此，我更珍惜這些文字。

每當有人回應，我都想盡快點閱。因為，那就是現在支持著我前進的「生活基礎」。我也確實因為這股力量，讓我的生活變得更充實、積極。於是我經常思考，到底要怎麼做，才能讓更多人獲得這樣的感動，我一直希望能透過自己的方式，讓更多人獲得相同的支持。

於是，我在下廚、寫稿、開發新技術時都會想到，是不是能夠代替讀者，在一天之中找出什麼美好、能夠分享的事物？或是能聊一聊，過去那些有趣的經驗？

我也常在想，自己被如何對待會感到高興。從這個角度，去尋找可能令人感到高興的事物。當然，這絕對不僅止於想而已。只要發現是能夠執行的，我就會以最快的速度實踐。

反之，我亦不停思索，自己被如何對待會感到不悅、悲傷或受到迫害。去尋找可能令人感到悲傷的事物。爾後，無論發生什麼狀況，我絕對不會這樣對待身邊的任何人。即便周遭的人都那麼做，自己也絕不會做相同的事，縱使只有自己這樣堅持。

「自己被如何對待會感到高興？被如何對待會感到悲傷？」我希望自己

在這方面的感受力及想像力，比一般人高出一倍。雖然知道自己很可能會因此感到痛苦，但我認為，無論是工作、生活等各種方面，只要與人相關的事物，都應該認真對待。而唯有如此慎重的思考，才能將自己獲得的溫暖，再傳遞給其他人。

不知道各位對此有什麼想法呢？是覺得太辛苦，所以刻意迴避這樣的做法，還是深有同感？我個人認為，其實選擇怎麼做都沒有問題。

但是，至少必須了解，任何事你都有兩個選擇——「做」或「不做」。就算現在沒有這個念頭，可能在未來的某一天，會忽然閃過要嘗試看看的想法。對我來說，需要全力以赴去堅持的……無非就是這兩件事了。

直到今日，我每天仍在這兩個選項間游移不定。今天想這麼做，昨天卻放棄了，沒有達到目標。那明天呢？雖然無法肯定，仍想盡可能這麼做。想盡可能這樣做，最後卻辦不到。

「接近〇」的日子，就是好日子

所謂的努力，主要就體現在這個步驟。對於年輕的朋友來說，也就等於是工作上的選擇。為此可能必須捨棄自尊，並且忍耐到底。然而，這個時刻所付出的眼淚與汗水，是最美麗的。

每個人的生活中，都會有被打〇的日子，也就有被打上？與△的日子。仔細看看我的生活，被打上△的日子比較多一些。

日本暢銷書作家鎌田實曾在書中提到，接近〇的△是最好的，這跟我的想法非常接近。生活中怎麼可能全是〇的日子呢？為了達成〇的程度而努力，但還是△的日子，就是最好的狀態，因為這樣能讓明天的自己，持續為了達到〇而努力。各位也這麼認為嗎？

微建議 5

⊙坦率，對自己（與他人）的基本原則。

無論面對什麼樣的人，都應當抱持著適度的敬意。不懷疑、不諂媚、不奉承、不扭曲意旨，以最真誠的心和話語，與他人來往，也與自己共處。

⊙為他好也為自己好，別帶著刺說話。

就如同今天發生許多事一樣，明天也可能遭遇各種際遇。有時候為了保護自己，可能會不經意傷害到他人。也有一些出於愛的立場、為他人著想的作為，卻扎扎實實的傷害了對方。所以無論出發點為何，都要盡可能避免帶有攻擊性的言語。這樣的話一旦說出口，對事物的發展或人與人之間的關係，都沒有任何益處。當然，帶著刺的言語，一定能讓對方留下深刻的印象，然而所帶來的，多半是負面的效果。

⊙你無心的氣話，會被親密的人認真看待。

任誰都會有情緒失控的時候。正因為是特別重要的事，心才會為之紛亂，甚至因此忘我，口不擇言的說出一些傷人的話。而且這些話，往往對於親密的人造成更大的殺傷力。因此先下定決心，訂立「**不說氣話**」的規則，就能在這種時候派得上用場。

⊙言語是把雙面刃。

簡單的一句話，可能成為他人的至寶，或是陪伴某人走過一生。同理，一句再平凡不過的話，也有可能在別人的心頭刺上一刀，造成無法痊癒的傷痕。如果無法妥善掌控，言語可能會化作可怕的利刃，傷害他人及自己，留下傷痛的回憶。所以，一方面也為了自保，請務必審慎考量言語的使用方式。

6 揮棒落空又如何？敢面對機會就值得喝采

每當決定要做些什麼的時候，我往往會在心中預演一遍，並想像成功後的美好畫面，我總是想像自己游刃有餘、毫不費力的，就得到我想要的結果，並且能從容、優雅的站在眾人面前，獲得大家的祝福與掌聲。

但現實中，我從來沒有遇過這種好事。

現實的狀況是，為了不錯過任何機會，不惜弄髒衣服、摔得滿身是傷，甚至出糗、一路跌跌撞撞，也要想辦法離成果更近一些。每當氣力用盡、就要屈服於現實時，我總會想起重要的人，然後告訴自己「這麼做，都是為了讓那個人過得更好」，只要這麼想，再累的身軀都能邁開步伐，所有心思、意念彷彿都消失了，只剩下「絕不放棄」這個念頭，然後，就做到了。

回過頭想，這應該就是所謂「捨棄自尊」的境界，當「自己」被完全屏除後，目標反而更清晰，機會就在眼前。

機會隨時都可能到來。也許就是今天、明天或後天。或許在你「啊！」的驚嘆一聲時，與你擦肩而過，剩下的只有自己無限錯愕的表情，大多數的情況都是如此吧。

我至今也錯失過很多機會。所以我現在才會下定決心，無論以多麼丟人的姿態，都要努力站在名為機會的打擊區上。即便屢屢揮棒落空，甚至一屁股著地，也要盡力揮舞手中的球棒。

好不容易打到球了，仍然擊不出全壘打的好成績，但奮力揮舞球棒的身體姿勢，卻牢牢的、萬分強烈的殘留在腦海當中。

站在機會之前，有時候總會因為一些因素，全身動彈不得，工作是如此，人際關係也是如此。即使被三振了、被接殺了又如何？畢竟多數時刻，我們都是揮棒落空的。

微建議 6

實踐夢想前，先成為被需要的人。

想做這樣的工作、想寫那樣的文章、想開一家屬於自己的店……即使為了確切的夢想和目標而努力，也不見得只要付出就有回報。很多時候，機會是強求不來的，但**當他人需要你的時候，時機就會自然而然的到來**。所以，當若真心想要達成某個目標，就先成為被他人需要的人。

⊙價值，來自於完成那件他人無法取代的事。

我深信，這世界上每個人都有一項專屬任務，因此也必然有一項專屬的強項。一定有一件事，只有你能做到。當你能用這項專長服務他人時，你的價值也就應運而生。

⊙錯過機會，是為了下一個更好的。

明明有各種機會，卻沒辦法確實掌握，這只證明了那些機會不屬於自己。不需要過度執著，轉身尋找下一個機會。帶著坦率的心，熱衷於學習，保持積極的態度最重要。

⊙不逃避現在。

即使所有事情都進行得不太順利，在工作受阻、各種情況不如預期的時候，也不能選擇逃避現實。這種時候，不妨檢視一下自己平常的心態，**是否將責任歸咎於他人了**？若是以這樣消極的態度，逃避「現在」的問題，將會使人停下成長的腳步。坦然面對自己的脆弱，才能使你更堅強。

7 做事重面子，反而成了半吊子

我會在一天的尾聲、完全放鬆下來時，回想今天一整天所發生的事。其實不想特別去想。不過，就算不特別回想，還是會浮現在腦中。

關於那些自己不甘心的慘狀，或是對誰感到愧疚的歉意、怒氣沖天的心情、羞怯的情感、不想承認的結果、想忘掉的事……想起這些事，有時都令人不禁嘆氣。話說回來，生活正是由這些瑣事堆疊而成的。

但遇到這樣的失敗、挫折、停滯、不順利的事，到底該發狠踹自己一腳，逼自己好好面對？或是給自己一個大大的擁抱，然後輕輕翻過這一頁。

抑或無視這些記憶，當作一切都沒發生？

我的經驗是，如果無法坦然面對這樣的自我，就會不知道明天該往哪個方向走、該如何踏出新的步伐，進而思考明天該做什麼。

不愛面子後，才認清真正值得珍惜的

每個人都有一個，連自己都羞於面對的自我。那個部分可能因人而異，以我個人來說，大概得在「愛面子」這方面特別努力。

因為愛面子，沒辦法使盡全力；因為愛面子，錯過了大好機會；因為愛面子，不知該如何表現；因為愛面子，沒把心裡的話寫出來；因為愛面子，沒把想說的話說出口；因為愛面子，沒能好好說句「謝謝」……是的，**不愛面子，其實是一件非常重要的事**。

我有時會想，自己應該贏不了不顧面子的人。就像我想到一個沒有人用過的表述方式，但要實際運用在工作上，多少還是會猶豫，於是不知不覺，就調整成有點半吊子的表現方式了。

為什麼會猶豫？明明自己也覺得是前所未有的創意。因為太在意世間、公司同事的眼光、在乎身邊親友的看法。我擔心、害怕，不想被人說「這種事你也做得出來？」

於是，我硬生生打消這個嶄新的念頭了。

我認為，無論是在工作上或日常生活中，能盡情享受樂趣的關鍵，就在於「不重面子」。能拚盡全力、放手一搏的關鍵，也在於「不重面子」。堅持自己的想法，實現自己的希望，貫徹這份感受。

「不重面子」，其實也代表了一份勇氣、覺悟，以及不自欺。回首過往，我不知道自己跟「成功」這兩個字能否沾得上邊，但現在我能很明確的說，推動我實現願望時的力量，是因為我當時「不顧面子」。現在我已經能清楚理解，當一件事的結果不盡理想時，就是因為自己臉皮太薄了。

知道歸知道，做起來卻相當不容易，至少對我而言是如此。不過，只要不重面子，似乎就能跨越一道鴻溝，繼續往前邁進。

在關鍵時刻，不顧面子是很了不起的一件事。當然，這裡說的不顧面子，可不是胡鬧、或是帶給周遭人的麻煩，而是為了達成某個目標，付出一切的氣魄。

我對自己的期許：一定要實現這個目標——不重面子。再加把勁，努力加油。

微建議 ⑦

⊙不妨從挑戰「沒做過的事情」開始。

活用至今所學，進行以往沒有嘗試過的事，就是所謂的挑戰。能傾注多少金錢、時間與心力，決定了挑戰規模的大小。

⊙勇於歸零。

將原有的事物歸零，可說是個大規模的挑戰。有時候，站在一個全新的起點，某程度上，就代表著要與過去的自己告別，如同想和新情人交往，就得好好跟現在的情人分手一樣。唯有這麼做，才能在歸零的翌日早晨，迎接全新的自我。

⊙斬斷舊習。

長時間持續的習慣，不一定正確。畢竟，這世上沒有所謂的絕對。所以必要時，請下定決心改變原有的習慣。但如果只是改變形式，繼續依循習慣做事，那就不能稱得上是挑戰。帶著全新心態的嘗試，才能為你帶來嶄新的形象。

⊙在生活中展開一個人的壯遊。

要離開現在所處的環境，人或多或少都會感到孤單。因為要與自己熟悉、一直以來互相陪伴的人們告別，前往未知的場所。原本的地方比較輕鬆、安心、舒適，幾乎是應有盡有。要主動脫離那裡，**獨自前往沒有認識的人的地方**，難免令人感到忐忑。但鼓起勇氣，踏出決心與孤單為伍的第一步，才算是挑戰的起點。

⊙成功不是目標，而是學習的成果。

挑戰的目的不是成功，而在於學習，最後的結果成功與否，其實並不重要。從第一次的經驗中學習，才是挑戰的最終目的。

⊙回顧今天發生的「新鮮事」。

閉起雙眼，回想今天是否接觸到新的事物？就算沒有也不要緊。挑戰不是一件容易的事，自然不可能每天都遇到新的挑戰。所以，如果今天你發現了一件新鮮事，就算是再小的事，那也是非常幸運且特別的。雖然，我們無法預測明天可能會遇上什麼人、事、物，可能與人產生新的連結，也可能一成不變但無論如何，每天都將是嶄新的一天。

8 你是否也為「看起來不像」在拚命？

我想跟各位聊聊，有關於自卑感的話題。

我想，任誰都會對自己的某些部分有所缺憾，認為自己在這方面比不上別人。在這一點上，可能有許多你意想不到的心結。

我的自卑感來自於我的學歷。就連要用文字表達出來，我都感到羞恥。高中時，我是一名中輟生。在輟學之前我也不常去上課，更別提準備考哪間大學了。因為不常到學校上課，所以我的學生時代幾乎沒什麼回憶可言。在輟學之後，我馬上投入了工地的工作。說到對青春的回憶，我只會回想起又髒又黑的指甲、汗水的臭味……大概都是在打零工裡度過。

不管是面對誰，或是去哪裡，都不想因為缺乏學歷，而被當作什麼都不懂，所以我開始猛然看起書來。文學、商業、傳記、教育、文化、美術、古典等，經常是拿到什麼就看什麼。只有漫畫類的書籍會特別避開，果然我還是在意他人的眼光。

當時，我在閱讀上完全感受不到任何樂趣。雖然現在很喜歡。總之，那時我一心只想要比有學歷的人，掌握更多的知識。

我對學歷的強烈執著，或許也成了一種助力。過了一陣子，我爭取到書店的工作。

印象中最難堪的一刻，就是在被問到「你念哪間大學？」的時候。

「我沒有上大學，我在高中時就輟學了。」我小聲的回答。

對方聽了回道：「看起來不像呢。」

「為了看起來不像，我可拚命了呢。」我在心中喃喃自語。

為了看起來不像。可以說這樣的自卑，成就了現在的我，而這段不堪的過去，也成了我成長的養分，回顧過去那個拚命掩飾短處的自己，其實相當帥氣而燦爛。

可以說，從過去到現在，我都為了讓自己，看起來不像低學歷的人而奮鬥。話說回來，那我自己的價值又在哪裡？這個問題讓我無比害怕。即使是現在，也同樣懼怕著……抱歉，就先聊到這裡。畢竟，我絕不是想聊些灰暗的話題。只是想聊聊最原始的自己，以及所謂人的潛力之所在。

後續，就讓我們擇日再聊。

微建議 8

⊙過度的欲望，來自比較。

跟誰比、跟什麼比，或拿世間的標準跟自己比，都不是一件好事。人會想要比較，是始自過多的欲望。只要懂得抑制多餘的欲望，就能自然而然的解決許多問題。

左手跟右手，哪邊比較了不起？

小時候，會跟兄弟姊妹或朋友比；長大以後，就跟同事和朋友比，將他人視作假想敵。但其實大家都生長自同一個家庭、同個群體、同樣世界的夥伴。左手跟右手，其實沒有哪一邊顯得比較了不起。如果能將他人視作同伴，可以減少許多不必要的紛爭。

9 覺得快撐不下去的時候

在閱讀一封封訊息時，我常會想在回覆中補充說明，但許多感受很難找到適當的詞語來形容。現在就想跟各位聊聊，在那些日子裡，沒有傳達給各位的心情。

每當看到有人為了各種煩惱而情緒低落時，我都很想直接告訴對方，不管遭遇多困難的問題，千萬不要忘了「保持微笑」。

只要還笑得出來，就一定能找到解決的方法，我是這麼堅信的，這也是我父母教我的事。

雖然，小時候我的家庭經濟狀況並不富裕，但雙親臉上始終帶著笑容，就算遇到危機、困難的狀況，只要看到父母的笑容，就會覺得「事情一定能順利解決的」，讓我感到安心。

長大後，我也是這樣帶著笑容，度過每個困難的時刻。就連輟學那陣子，對自己的學歷感到強烈的自卑，我也不斷提醒自己要「保持笑容」。

的確，遇到晴天霹靂的時刻，任何人都很難笑得出來，如果遇到極糟的狀況還能微笑，看在他人眼裡也會覺得：「這個人也太不正經了，這種時候還能笑得出來？」似乎會給人沒有責任感的印象。

不過，微笑對身陷困境的人而言，反而是能重新站穩步伐、穩定前進的力量。當你重新找回笑容後，你會發現不順利、糾結在一起的事，都能漸漸理出頭緒、找到答案，這就是微笑的力量。

現在，每當感到難過、辛苦，幾乎快哭出來、覺得自己已經快要撐不下去的時候，我就會試著先放鬆緊繃的身體、鬆開肩膀，就像回到熟悉的房間裡，讓自己處於最放鬆的狀態，然後無意識的上揚嘴角，最後就能真正的笑出來。

這招對我來說非常有效，就像我的救命丹一樣。

每個人都會為了捍衛自己的價值而奮戰，像我就經常為了「看起來不像」而用力過頭，不自覺的深鎖眉頭。每當我察覺自己過度用力時，往往身體和精神已經處於很糟糕的狀態。這時候我就會讓自己深呼吸幾次，試著把笑容找回來。

然後帶著笑容，重新調整腳步，往更好的方向前進。

我知道，對很多人來說，放鬆好像就是放棄了、認輸了，但實際上，放鬆只是暫時停下腳步。就像我們去爬山，真的走不動的時候，就在路旁稍作休息，看看身邊的風景、與同伴聊一聊，或是什麼都不想，只是靜靜的感受微風、任它將汗水風乾，等體力恢復之後，再一鼓作氣的攻頂。就算走走停停，最後一定能到達你想去的地方。

微建議 9

⊙坦然面對悲傷。

真的想哭的時候，就別勉強自己笑。坦率面對自己，是非常重要的一件事。所謂坦率，指的不是放棄思考，只聽別人的話做事，而是打開心房，接受自己當下的樣貌，其中也包括痛苦與悲傷。

⊙為悲傷設定一條終點線。

當遭遇自然災害等重大事故，悲傷到幾乎令人心碎時，告訴自己：「就當作是學個經驗吧。」就算有些勉強，也必須這麼想，因為再怎麼難過，都該為悲傷設定一條終點線。盡可能讓自己意識到：「所有的難關，都是為了成就更好的自己而存在。」讓自己哭，但別傷心太久，漸漸的你將能重新站起，昂首前進。

⊙不逃避、不恐懼。

生活中發生的好事、壞事，以及令人感到辛苦、痛苦的事，面對所有事情，都能夠敞開心胸的祕訣，就在於不逃避。以謙虛的心態來面對現況，才能真正的接受一切。

⊙在恐懼之中也能把握機會。

在真正感到「害怕」時，人們通常會閉上眼睛。但其實敢睜開眼睛的人，比一直緊閉著雙眼的人要來得堅強許多。不論是人際關係，或是生活中發生的大小事，當感到「害怕」時，請鼓起勇氣，睜開你的雙眼。好好看看面對的人事物，試著問自己：「從這些事裡，有哪些值得我學習？」

⊙幸福就是能活出價值。

很多人都以為，幸福快樂的要訣，是獲得自己想要的事物。例如獲得大筆金錢、受到他人讚美、取得渴望已久的位階等等。但你仔細觀察路上那些臉上洋溢著笑容、神采奕奕的人，不見得具備這些條件。那麼，他們的幸福泉源是什麼？答案很簡單，就是給予。能夠給予才是真正讓人感到幸福的事，當我們所做的一件事，能為他人帶來正面的影響，那種興奮與幸福感，才是真正讓人閃閃發光的能量。

10 同時失去與獲得，就是友誼

小時候，我的褲子口袋裡總是放著火柴盒小汽車。而且不是一輛，是兩輛或三輛。

雖然的確是拿來玩的，不過現在回想起來，也有點像大人總是會在包包裡放一本文庫本[5]一樣。在覺得無聊或不得不跟著父母出門時，為了消磨時間，我會從口袋中拿出珍藏的小汽車看一看、摸一摸，或是拿在手中玩耍。小汽車可以說是小時候，我出門必備的行囊。

對我而言，火柴盒小汽車也是我與他人之間，重要的溝通工具。

如果遇到不認識的孩子，我就會先拿出所有小汽車，並排成一列，然後問對方說：「喂，你有哪些車？」

這時候，對方通常也會從口袋裡拿出他的小汽車，一字排開說：「我有這些！」

互相鑑定過對方的寶貝汽車後，就可能會有一方主動提出：「我們來交換好不好？」這句話其實隱含著「我們來做朋友吧！」的意思，所以如果回答：「我不要！」那兩人間的關係就到此為止了。

如果回答：「好哇！」就可以從對方的收藏中，挑選一輛自己喜歡的互相交換。

基本上，我會帶出門的大多是自己喜歡的，得拿其中一輛跟對方交換，

5 是日本一種圖書出版形式，這是一種預計有大量讀者購買的小型平裝叢書。文庫本多以A6紙張出版，價格也低於市面上同樣大小的書籍。

其實心情還蠻複雜的，不過這也是我交朋友的方式。

曾經有個人選了我珍藏的小卡車，所以他最喜歡的保時捷（Porsche），現在在我這裡。就這樣，我們也因為這樣，逐漸培養起默契和友情。

當遇見沒有帶玩具的孩子，但我又想跟對方做朋友時，我也曾經主動表示：「這個給你！」把自己珍惜的火柴盒小汽車，交到對方手上。

不知道為什麼，最近經常想起兒時的光景。而令我最懷念的，莫過於想跟某些人更友好時，我會主動表示：「喂，我們來交換些什麼吧？」

那種感覺就像現在我收到讀者寫給我的信一般，只是從交換汽車，變成交換心情。但對我而言，都一樣珍貴而重要。

請放心，無論是怎麼樣的心情，我都會好好保管，絕對不會弄丟的。

微建議 ⑩

⊙金錢與時間，是你最重要的朋友。

有兩種好友，無論是什麼樣的人，只要活在世間，都會想跟他們打好關係，那就是「金錢」與「時間」。該如何討他們歡心？請認真的思考，找出答案。

⊙時間，是比金錢更重要的朋友。

朋友不是拿來比較的，不過時間這個朋友，往往比金錢還來得重要。因為金錢可以化為存款，時間卻沒辦法存下來。正因為時間有限，不妨多留意，該如何與這位好友，維持良好的關係。

⊙重視朋友的朋友。

對任何人而言，時間都是非常重要的朋友。無論是別人的時間還是自己的時間，都同等重要，既然重視自己的時間，也該珍惜別人的時間，嚴守「不讓他人等候、不打擾別人作息」的原則。

⊙用錢的方法，決定與金錢的友好關係。

要與金錢打好關係，就要選擇能討這位朋友歡心的做法。在金錢方面最應該學習的，不是賺錢、也不是存錢的方法，而是用錢的技巧。不管是一元或十元，仔細思考該如何使用，就能加深與金錢之間的友誼。如果關係夠好，金錢總有一天會自動向你靠攏。

⊙有錢的人，就是受人信任之人。

能否擁有足夠的「錢死黨」，與自己給人的印象有關，如果大家都信任你，願意與你合作，自然能為你累積許多財富。換言之，有錢的人就是「受到世人所信任，願意將錢交給他」。正因如此，使用金錢的方向，必須以「取之於社會、用之於社會」為出發點，為他人帶來貢獻，就像交換小汽車一樣，也與他人共享幸福吧。

⊙明天，我如何安排時間與金錢？

我建議，每天靜下心來思考，明天該如何安排時間與金錢？要怎麼做才能建立更好的關係？該怎麼做，他們才會感到高興？難以入眠的夜晚，也是時間這位好友前來拜訪的時刻，不妨藉機檢視，自己在時間與金錢上的分配及安排。

11 好好說再見，即使再也不見

將椅子放在靠窗的位置，我們來聊聊天吧。

悠然望向窗外遙遠的天空，光線使人感到溫暖。我想，就算暫時沒人說話也沒關係。

但發呆的時候，某些不太想碰觸的過往回憶，常會忽然閃過我的腦海。例如，我不太擅長說再見，或根本該說在這方面有些障礙。面對與人道別的時刻，我總是帶著深深的懊悔，到現在也沒有絲毫改變，這一直是我難以克服的關卡。

跟某個人的關係越好，我就越難以跟對方道別，甚至會逃避說再見這件事。比方說，在跟旅行途中認識的人道別時，我都會感到寂寞、悲傷而痛苦，經常選在出發的清晨就不告而別。

我也搞不清楚自己為什麼要這樣做，或許，是不太懂得如何消化，這種悲傷的情緒和場合，於是選擇逃避。總之，我就是無法接受說再見這件事，尤其，自己又是個愛哭鬼，就算知道終須一別，還是很難坦然的告別。

說再見，其實是在說「謝謝」

道別，是為了幫人生中的各種經驗做個總結。也是揚帆出發，以及嶄新邂逅的前奏曲。

今年春天，我認識的一位長輩化作夜空中的星星，離開了這個世界。她是瑪莉婆婆，高齡九十二歲，平常與兒子富蘭克林，一同居住在舊金山北部的小村落，她的手藝非常精湛，親手為我打造出多雙好走又優雅的鞋。

雖然知道這一刻早晚都會到來，即使想見上她最後一面，卻不是能說見就見的。這麼說來，我這個人還真是糟糕。

一陣子之後我收到了一封信。是婆婆親手寫的，由富蘭克林寄給我。信中寫道，「能夠認識你，真的是件很幸福的事，謝謝你。一天記得要吃一顆雞蛋。」最後寫到，「我有預感，未來我們會在某個地方再相見。」

對瑪莉婆婆的思念，若能化作言語好好傳達給她就好了。真希望彼此的心意，能成為一座橋，讓我們隨時都能見面，也讓我能好好說再見。

於是，我也寄出了一封信，向婆婆說：「再見，我們終將再相遇。一直以來，真的很感謝您。」不知道婆婆在天上是不是已經收到了？

寄出這封信我才發現，**說再見，其實就是在說謝謝**。

婆婆在生命的最後，讓我察覺到了這件事。

是啊，再見，其實就是感謝，所以更要慎重的表達才行。如果是謝謝的話，我應該也能好好的說出口。畢竟，讓別人了解自己的謝意，是非常重要的事。

說個題外話，最近我慢慢發現本來自己排斥的事，都蘊藏著好的意義。例如，哭泣其實也可以是件好事，請容我之後再繼續分享。

微建議 ⑪

⊙離別的本質。

有多少相遇，就會有多少離別。有多感謝你們之間的相遇，就該同樣感謝離別的到來。離別雖然經常伴隨著悲傷，但那僅止於表面的情緒，在情緒深處潛藏的本質，正是與對方相遇的感謝之情，以及給予迎接下一段邂逅的祝福。因此離別的眼淚，雖然可能是悲傷的淚水，同時也會是祝福的淚水。

12 學校教不來——體貼與愛

今天的這個話題，我想跟你兩個人單獨聊一聊。

擁有體貼人及愛人的心，是非常重要的事情。如果無法做到，我認為可以說是某種程度的人間失格[6]了。

可是體貼與愛，具體來說是什麼樣的行為？應該怎麼做？有誰會在什麼時候教導我們這些嗎？

某一天，我忽然心生這樣的念頭。才發現，這是件蠻可怕的事。

因為，自己認為是正確的體貼與愛，說不定有可能是不正確的。

我們不懂的事情實在太多了。如果發現自己的觀念是錯誤的，當然會大受打擊，但還是必須面對現實，這樣想來，忽然覺得人生好難、令人好想大哭一場。

我認為，所謂的體貼與愛，其實都是經由模仿與互動得來的。當我們接受對方的體貼、關懷，進而感受到窩心、溫暖。這時候往往會希望，對方也能獲得一樣的感受，於是用類似的方式照顧對方，經由這樣一來一往的過程，漸漸累積深刻的情感，就是所謂的愛。

這就像許多新手父母，在迎接新生命時會慌了手腳，不知道怎麼照顧寶寶，然後會試著回想父母對待自己的方式，用類似的方式去照顧孩子。這就是我們學習、表達愛最原始的方式。

6 即喪失做人的資格。出自日本小說家太宰治的長篇小說《人間失格》的書名。

恰當的愛，始於模仿

話說回來，我們到底要怎麼正確的愛一個人呢？我想，可以先從感受對方的心意開始。

首先，你可觀察對方的舉動，推想其背後所代表的涵義，以及你會有什麼樣的感受。把那些能讓你覺得開心、溫暖的做法記下來，並模仿對方的做法，真心的對待他。

當然，一開始我們可能無法一次到位，也可能產生東施效顰的可笑結果，但不需要因此灰心、鎖上心門。因為愛也是一種技能，經過不斷的揣摩、練習，你一定也能找到正確的方式，用對方感到最舒適的方式照顧他、體貼他。

說穿了體貼與愛的方法，都得從他人身上習得。這算是一種生物的本能嗎？不，我認為主要還是來自旁人的教導。一開始是雙親、祖父母跟親戚、手足等家人，接著是朋友、情人……與這些人互動的過程中，或許會有摩擦、不愉快甚至可能覺得受傷，但經歷那些不美麗的情緒後，往往能讓我們的愛人的方式，變得更圓融、美好，並且有能力將這些愛，與更多人分享。

我認為所謂的成長，就是能正確的體貼別人、愛別人。就算現在的自己，似乎沒有足夠的能力愛人，但絕對不能輕易放棄，因為愛是一種經過練習，就會越來越強大的力量，而這股力量，將帶領你與你所重視的人，建立更美好的關係。

所以，請將自己所能做到的體貼與愛，努力傳遞給周遭的人。積極與更多的人交流，即使自己得不到任何回報，也要堅持下去。就算有時會覺得寂寞，但有一天必然能讓你收到意想不到的熱烈回應，也許，還有機會感受到前所未有的愛與溫暖。

其實，我就是這樣走過來的，直到現在也還在學習，如何好好愛一個人、善待對方。

說實在的，我不是個善於傳達情感的人，也很容易受傷，但對我而言，就算筋疲力盡也不能放棄的，就是愛這回事。縱使，我因為過度努力的愛而落淚，那些眼淚也都化成最珍貴的體悟，讓我能更溫暖、更體貼對方，這麼說來，眼淚的確具有很神奇的魔力。

今天就說到這裡了，謝謝你聽我嘮叨。就寢前請先暖暖身子，祝你有個好夢。

微建議⑫

⊙愛自己，非寵溺。

俗話說：「**愛就是不求回報**」，我非常認同這句話。但老實說，**這樣的愛應該沒幾個人能做到**，畢竟我們也都渴望被愛。最近，我體悟到關於這句話的另一層涵義，對自己，也應該不求回報的愛。不是因為希望自己變得更好，而善待自己；不是因為希望能更受歡迎、表現更出眾，而以愛之名要求自己精進、努力。如果想練習愛人的能力，就先從**正確的愛**自己開始，怎麼做才能**讓自己感到放鬆**？怎麼做才是愛而非寵溺自己？當你能釐清這些，相信你也能善待他人。

⊙愛的相反詞不是恨，是冷漠。

常有人說，愛的相反詞不是恨，而是冷漠，我也是這麼認為。面對所有人事物，都不該採取漠不關心的態度。但過分的關心又會打擾到別人，我建議，就從多一點關心開始，照顧身邊的人吧。

13 觀而不察，請凝視，片刻

這次，就讓我們坐下來聊聊。

以前我在寫《生活靈感集》（《暮らしのヒント集》）這本書的時候，曾經寫到一則有關「觀察」的文章。在回頭閱讀過後，我想再寫一次「觀察」這個主題。

以「生活基礎」為主題的觀察，會是什麼樣子？

我每天透過「生活基礎」，與各位一同學習許多新事物，其中之一就是有關「觀察」的心得。

「觀察」指的就是仔細觀看人事物。所謂「看」是什麼意思呢？在日常生活當中，每個人都會東看西看，但聚焦在一件事物上，然後仔細的看著每個細節，這種方式就比較不常見了。

這樣的觀察法，我稱為「凝視」，我都是用這種方法，找出潛藏於人事物當中的光芒。在凝視的過程中，我往往能看到肉眼所無法看見的部分，比方說，很多事看起來非常平凡，但只要深思背後的意義，找出潛在的光芒，你會發現，平凡的事反而蘊藏著更深刻的道理。

現代的人為了追趕上社會快速變化的腳步，很少有人能夠花心思，稍稍留意生活中的變化，即使對於「感覺好像哪裡不一樣」的事物，也會因為沒時間而忽略。

但如果能短暫的從忙碌抽離，你會發現那些「不太一樣的事物」，其實藏著很多智慧，甚至會成為你的工作、生活上的啟發。

有些人或許為了生活奔波，而暫時遺忘如何凝視，這時候，你可以閉上眼睛，用直覺來思考眼前的人事物，這麼做可以幫助你切割外在的紛擾，更聚焦於凝望的人事物上。我自己的經驗是閉上雙眼時，反而更容易看見光。

再與你們分享一個祕密，我發現，越不起眼的事物上，越能觀察到閃耀到令人睜不開眼的特質。彷彿在垃圾堆裡的黃金般，越是混濁、髒亂的地方，越能凝望出美麗的本質。

凝視這件事，也能在尋找自己的價值上發揮效力。很多時候，會因為環境干擾，讓我們在追求中迷失，並開始質疑自我的價值。這時候也可以閉上眼睛，重新思索前進的方向，即使當下的情緒再複雜、思緒再混亂，只要凝視著最初的自己，必然能找到自己身上閃閃發亮的特質，循著光前進，就是你該前往的方向。

能像這樣在「生活基礎」上，與各位分享發自內心的「觀察」心得，真的很令人高興。我一直希望有這麼一個地方，能夠和各位聊聊，生活中的想法與發現。我也期許自己，能透過凝視發現生命中更多美麗的人事物，並與你們分享。

微建議 13

⊙你的人生發生過奇蹟嗎？

能夠誕生在這世界上，並且存活到現在，就已經是個奇蹟。我甚至覺得，每天能呼吸、感受自己的心臟努力跳動著，就算是天大的奇蹟了。當你意識到，生命是多麼不可思議的奇蹟時，那種心頭一熱的感受，其實蘊含著滿滿的感激之情，而這股力量，將化做你每天的能量來源，帶著你持續前進。

⊙成長，就是你表達感謝的最好方式。

很多時候，接受了幫助卻苦於表達感謝。或是對於那些不求回報的愛，即使拚命說「謝謝」、「非常感激」，也不足以形容自己內心的謝意。我也曾為此煩惱不已，總覺得無以回報別人的恩情。後來，我想到了一個辦法，就是讓自己變得更好。這就像照顧植物一樣，當你每天細心灌溉，看到它因此生長茁壯、開出可愛的小花，就會覺得自己的付出值得了。同樣的道理，那些幫助過自己的人，也會因為看到你的成長而感到欣慰。所以，接受幫助之後，請連同對方的份一起努力，你的成功將證明，他們的付出是值得的。

⊙發揮特質，就能創造價值。

活在這個世間，認同自己的存在價值、相信自己，就是最大的原動力。所謂的活著，最重要的就是重視自己。如果有人會因為你不在而感到困擾，那你就具備奇蹟般的存在價值了。請抱持著感謝，珍惜這樣的自己，思考該如何發揮自己的特質，更有所貢獻。

⊙最該疼的，是自己。

身體與心靈上的疼痛，原因通常不在他人身上，也不是際遇好壞的問題，而是在告訴自己「你是不是有點忘記好好珍惜自己了？」的訊息。人最應該疼的，其實就是你自己。

第 2 章

天亮了，「我們」說晚安

14 深厚的關係來自於「空間」

我可以坐你旁邊嗎？這句話，我既喜歡聽人問，也喜歡自己說出口。或是主動表示：「這邊請坐！」、「可以坐我旁邊……」等回應。

這種問答的方式雖然有些迂迴，但該說是貼心的提出邀約？或是一種親近別人的方式？這些當然都是為了避免做出失禮的行為，或是使對方感到不悅，能善加察言觀色的方法。

小心翼翼的察言觀色，其實不是件壞事，只是可能常被當作是膽小鬼。

縱使這樣，我還是堅持如此慎重的方式，因為這是我珍惜對方的表現。

人與人相處，本來就存在很細膩的部分。從前，我寫過一篇思考關於「我們所生活的世界」的文章，最近藉機又重讀了一遍。結果發現一件連自己都快遺忘的事，當下令我大吃一驚。

以下我節錄一段其中的內容。

不管面向哪個方向，看到的都是充滿鬥爭的世界。假設能乘上火箭往月球移動，從遠處眺望地球時必然能察覺，這顆星球正在被人類對於權力的欲望所汙染。無論是小到個人建構的獨立天地，或是大至像國家這般如此龐大的組織，到底要怎麼做，才能擺脫人類對權力的欲念，達到平衡？我認為這個問題的答案，就是共生。

正如同字面上的意義，「共生」就是能不計代價的，保護其他人事物的存在，讓整體能平衡而穩定的持續運作，製造對所有人都「不壞」的環境。

畢竟，人是無法獨活的。從自然環境來看，如果地球上只剩下人類，沒有其他生物、不再有四季變化，也沒有氧氣，人也不可能繼續活下去。

共生這個概念，體現在日常中，就是「表示關心」。很多人都說，現在的社會很冷漠、人際疏離，每個人都為了爭取自身的利益，毫不考慮其他人的感受。仔細思考的話，這的確是目前社會所面臨的最大考驗，也確實是許多犯罪的肇因。因為怕受到牽連、為了保護自己，即使是不正當的行為，多半會選擇睜一隻眼，閉一隻眼，反正只要不是自己的利益受損就好了。

但換個角度思考，如果今天犧牲的是你的至親呢？我們還能這麼輕易的閉上眼睛、關上耳朵嗎？若是自己的父母、手足、親友遭遇困難，但周遭的人都拒絕伸出援手，這樣自己還能在一旁默不作聲嗎？

當然，過度的關心、干涉，不只會惹禍上身，也可能為他人帶來困擾，但實際上，很多時候我們只是說一句「有需要我幫忙嗎？」、「你還好嗎？」這樣就已經幫對方一個大忙了。因為讓對方知道，還是有人陪伴在他身邊、關心他，其實就已經是很大的安慰，也會讓那些想傷害別人的人，受到警告。畢竟，群眾才是最大的力量，當所有人都睜大眼睛看著，就算不用出聲，也能形成龐大的壓力，那些想出手傷人的人必然會畏懼，而不敢輕舉妄動。

無論對人與人、人與事、人與物、人與地方、人與自然、人與組織、人與社會、人與國家、國家與國家……共生是一件非常重要的事情。只要能夠達成這個目標，不僅不會發生戰爭，就連滿街橫行的詐欺犯、宵小等也會消失無蹤，一些糾紛也將自然而然消失。

共生，也代表給予雙方更多的成長空間，並且還可能產生許多意想不到的喜悅與樂趣，充實我們的生活。

「關係」從關心出發，多半不會變成壞事

共生的重點在於，如果能提供他人需要的幫助，也代表獲得這個世界的資源。當然，世事難料，生活或工作有時也會遇上一些麻煩事，原因可能出在其他的人事物。但若是因此心懷怨懟、急於爭鬥，那麼只會陷在你爭我搶的惡性循環裡，對彼此都沒有好處，也無法進步。

現在有不少人，可能覺得怎麼做事都不順利，其他人彷彿都在等著看自己的笑話，不瞞你說，我也經常有這種想法。

尤其在與人共事時，當提出的想法被否定或質疑，很自然就會覺得「對方一定是在針對我」，這時很容易為了爭一口氣，和對方發生爭執。實際上，那些不平的情緒，都是來自內心的不安。

從另一個角度說，也可以說是太小看自己了。因為害怕自己受傷，所以

用憤怒武裝、用咒罵作為武器，當然，別人也會用相同的方式保護自己。回過頭來說，如果你相信自己夠強大、誰也無法擊倒你，又何必為別人的質疑發這麼大的脾氣？若是從共生的角度出發，遭受質疑時，想著：「該怎麼回答能消除對方的疑慮？」這麼一來對於自己的設定，也就從被害者轉為協助者，自然不需要表現出隨時準備捲起袖子的樣子。

當然，這樣的心境轉換對誰來說都不是一件容易的事。我自己也不斷的在練習、挑戰自己。不過，就我自己不純熟的試驗來說，真的因此減少了許多與人發生口角的機會，當然，還是會有控制不住的時刻。

但我認為，從關心的角度出發，絕對比漠不關心好得多，而且，這樣的情緒相當具有傳染性，就像前面提到的，關於表達愛的方式，我們通常透過模仿而來，當你能用「展現關心」的方式面對衝突，對方也會試著用相同的方式與你相處，這麼一來自然能達到平衡的境界。

正如我說的：「今天也要用心過生活。」這句話的背後也帶有這樣的涵義。帶著這樣的胸懷，今天也要帶著笑容，與周遭環境共生。

以上是我之前所寫的文章。直到現在，我仍抱持著相同的想法。

其實，人是很脆弱的，所以容易找些理由，採取獨斷的行動，以自我為優先，因而遺忘了與他人之間的連結，甚至有時冷漠的對他人視若無睹。如果像這樣忽略了「共生」的重要性，首先就應該採取主動，從自己開始進行修正。

謝謝你，總是聽我說那麼多。

微建議⑭

⊙給自己慢慢來的空間。

世界上進化的腳步，都集中在「有多快」這件事情上。現今無論是工作、人際關係、料理……都特別重視速度這項要素。但正因為活在這樣的時代，更應該花時間在「慢慢來」這件事上。

⊙人生沒有「進度落後」這回事。

如果花時間慢慢進行一件事情，很可能會因為所謂的「進度落後」而感到焦慮，但這其實是最常用在人生的一種謊話。因為只要不放棄前進，不管腳步再怎麼慢，也會確實朝向前方邁進。全速衝刺所看不到的沿途風景，只要坐下來一會兒就能看見了，這也是種學習與進化。

⊙懂得品味「模糊地帶」。

人一急，許多事情就容易被單純化。像是非黑即白、不是對的就是錯的、甜或鹹二選一……但是，世事都有所謂的「模糊地帶」，就像在決定喜歡或討厭某個人之前，站在模糊地帶與對方相處，也是培養良好人際關係的祕訣。畢竟人與人之間，在短時間內是很難互相理解的，因此長時間跟誰在一起，就等於願意花費時間，互相從對方身上學習。

⊙「相信」是希望的指標。

如果會不時出現「我就是沒辦法忍耐，等不下去」的焦急感，那只是出自內心深處的「不相信」在作祟。要懷抱希望，就必須心有餘裕，並全心相信。只要心懷希望，等待的時間終將成為一種樂趣。

15 不想一個人，所以……

晚安，最近好嗎？

最近，我常在思考，推動我每天生活的原動力究竟是什麼？

來說些小時候的事吧。

我家是雙薪家庭，所以我小時候有很長一段時間，是在托兒所度過的。

每天早上，我會牽著母親的手，走三十分鐘的路程去托兒所。母親手中的溫暖觸感，讓我至今都印象深刻。那時候我真的好開心，很想一直、一直就這樣走下去。但母親因為要工作的關係，把我交給托兒所之後就離開了。

在道別後，我還是盯著母親的背影，直到看不見為止。雖然很想哭，我還是緊咬住下唇，硬是忍住了。

明明知道母親只是去上班，為什麼我會這麼不安？其實是因為我很害怕放學。每到傍晚，父母就會來托兒所接小孩回家，但我總是擔心，如果媽媽哪天不來接我怎麼辦？我會不會一個人被丟在這裡？當然，我知道母親一定會來接我，也從來沒有把我丟在托兒所裡不管。但那時候我就是沒來由的焦慮，每天都很緊張，擔心媽媽不來接我。

記得有幾次，其他孩子都回家了，托兒所裡只剩下我跟老師兩個人，一起等母親到深夜。母親應該有先跟托兒所聯絡過，但年幼的我不知道發生了什麼事。即使老師不斷哄我說：「再一下媽媽就過來了。」我還是很害怕被媽媽拋棄，不安到就要哭出來。

等了好一陣子，母親終於來接我，並跟我道歉：「對不起，讓你等到這麼晚。」我像平常一樣讓母親牽著手，在漆黑的夜裡一起慢慢走回家。途中努力想著，要怎麼讓她知道我有多害怕，還因此鬧了彆扭。

負面的情緒，會有正面的出口

即使到現在長大成人，也一把年紀了，我還是會對被拋下這件事感到害怕。所以不管到哪裡，都會留意有沒有人落單。比如搭大眾交通工具時，或是到人多的地方時，我總是會特別注意周遭，是否有人落單或走散了。我知道這樣很不正常，但一想到那種焦急的心情，實在很難不去注意。

因為，落單的感覺太深刻了，那種孤獨、無助，又無處可以傾訴的煎熬，根本不是人所能承受的。所以我也常在心裡祈禱，希望不要再有人被拋下。

如果發現這樣的人，我會主動伸出援手，盡力幫助對方。雖然聽起來像在說場面話，但我深刻體悟到小時候的記憶，的確會對成年後的行為產生極大的影響。

你小的時候也曾有過什麼樣的陰影嗎？或許，是令人難以啟齒的事。我懂，因為我也從來沒有向別人提過，我很害怕落單這件事。

但奇妙的是，小時候的陰影卻成為長大後幫助別人的動力，對他人伸出援手時，彷彿是在幫助小時候的自己，這種感覺真的非常不可思議。好像那個不安到快哭出來的小男孩，也因此受到安慰、平靜了下來。

我想說的是，或許對你來說，童年陰影是很難啟齒的黑歷史，但當我們長大後，一定有能力阻止他人，感受到自己當時的負面情緒。若你願意這麼做，童年受傷的那一塊，自然會被填補、修復，你的心也會因此而完整。

謝謝你今天聽我說這麼多，睡前請記得暖暖身子，棉被記得蓋上肩膀。

微建議 15

⊙「放手仍存在」的友誼，得各自站穩腳步。

不希望自己一個人，也不能因為這樣，就緊握住別人的手不放。朋友固然重要，是能夠支撐內心的存在，但若是將全身的體重靠在對方身上，雙方的關係就會產生傾斜，以至於崩塌毀損。所以**最好各自穩住腳步**，創造出能夠緊握雙手，也能放開彼此雙手的理想友誼關係。

⊙最佳的距離——能隨時分開但要說聚就聚。

處在能與一群人相處，安心又自在的環境中，絕不是件壞事。但在自己希望集中精神，或是努力一下的時候，還是試著自己單獨一個人吧。盡量跟朋友與同伴，保持適當的距離。能隨時黏在一起，也能隨時分開行動的友誼，才是最動人的。

⊙就把背叛當作「下雨天」吧。

有時晴天、有時吹起陣陣微風，任誰都喜歡溫暖的好天氣，但氣候總是會變的。跟朋友之間維持良好關係固然是好事，但人與人之間不可能永遠不變。就像下雨的日子一樣，有時我們也會遭到身邊親近的人背叛，或是受到嚴厲的批評。畢竟，愛與恨來自一體兩面。所以在談到原不原諒之前，不妨先想想，**這也代表你們之間的關係有多深厚。**

⊙不合，是雙方不願配合。

如果跟原本關係不錯的人起了摩擦，自己通常要負一定的責任。因為不合，往往是雙方都不想配合。假設真的有九成原因出在對方身上，即使自己只占一成，也是同樣有問題的。這種時候，也是自我反省的最佳時機。

16 曾經對誰說過「這裡是你的歸屬」嗎？

晚上好，最近過得還好嗎？

今晚想要給你看個好東西，是一本很棒的書，就讓我們肩並肩坐著吧。

就在幾天前，朋友送給我一本「東京兒童圖書館」出版的季刊《兒童圖書館——冬季刊》。

東京兒童圖書館是由一群熱愛書籍和孩童的人所設立，從普通民宅的房間開始起步，之後發展為收藏兒童書籍和繪本的圖書館。由石井桃子的「桂書庫」等，四個家庭書庫為主體發展至今。

其實，東京兒童圖書館是我最喜歡的圖書館之一。

當我翻開了《兒童圖書館——冬季刊》，在感到一絲驚訝的同時，有種難以言喻的感覺緩緩的湧上我的心頭。

小熊出版社的創始人佐藤英和，非常仔細且熱情的描述，自己對於繪本的瘋狂熱愛，提及小熊出版社創辦至今的故事，以及自己蒐集插畫家阿迪卓恩的繪圖書籍的嗜好。在文章中，記載了艾莉娜．法瓊（Eleanor Farjeon）出版《瑪隆阿姨》（*Mrs. Malone*）一書的心路歷程。

所有人，都會找到自己的歸屬

讀完這本季刊，有三個名字從此深深烙印在我的心中，成為無法忘卻的存在，分別是《瑪隆阿姨》、童話作家艾莉娜．法瓊，以及畫家愛德華．阿迪卓恩（Edward Ardizzone）。

這本書在一九五〇年發行第一版，由小熊出版社發行的日文版，則於一九九六年出版。當時與《瑪隆阿姨》這本二手書邂逅時，我才二十五歲。

故事的內容是這樣的，一個人居住在森林旁的瑪隆阿姨，過著孤單且窮困的生活。

有一天，一群無處可去眼看生命之火就要熄滅、在垂死邊緣的動物，一隻接著一隻來到瑪隆阿姨的家。瑪隆阿姨自己也不好過，經常吃不飽也穿不暖，但他還是對這些動物說：「放心住下來吧，這裡就是你們的歸屬。」將所有的動物都請進家裡，如同對待家人般，將自己的食物和衣服分給大家。

但瑪隆阿姨的身體因此漸漸衰弱下來，在某個早晨，她靜靜的閉上眼、就此長眠了。最後，動物們合力將瑪隆阿姨抬往天國之門。

當時我沒有朋友也沒有希望，過著毫無目標的生活。當我讀到瑪隆阿姨的這句話：「這裡就是你的歸屬。」不禁流下眼淚，給了我一絲希望，「是啊，就算我如此的不堪，在某個地方一定也有屬於我的歸屬。」就像是出現在故事中的那隻受傷的小貓一樣，終究能找到自己的避風港。

瑪隆阿姨雖然是個虛構的腳色，但我想要相信這本書裡的每一段故事、每一張圖和每一句話，儘管這本書跟著我四處旅行，而變得破破爛爛的，只有這本書，我無論如何都沒有賣掉它，並帶著它窩在舊金山街道的垃圾桶旁，咬緊牙關堅持著。

現在，我想將《瑪隆阿姨》親手交給坐在我身旁的你。正如《瑪隆阿姨》這本書對我的影響和重要性，我相信，它一定也能夠成為你的助力。

「這裡就是你的歸屬喔」，我正是被這句話所救贖。儘管只是一本書中的短短一句話，卻蘊含著不同凡響的力量。

每次收到訊息，我都很希望能夠做點什麼。

聽大家述說了最真實的情感，關於那些難以啟齒的、內心最軟弱的部分等，我真心感謝那些願意與我分享的人，我想說的是「希望這裡能夠成為你的歸屬之處」，我會一直陪在你左右。

微建議 16

⊙身體比起心靈懂得更多。

我們經常與自己的心靈和大腦對話，但與身體的對話卻逐漸的減少。其實，身體比起心靈懂得更多，試著聆聽來自身體的寶貴意見。在睡覺前，靜靜的躺在床上看著天花板，試著和身體說話吧。

⊙將疾病或傷痛當作是一種訊息去接受。

若將健康視為理所當然，那麼疾病和傷痛也同樣是理所當然的存在。當身體健康受到損害時，不要一味的悲嘆自己的厄運，試著這樣思考吧，「這個疾病或傷痛，是在告訴自己什麼樣的訊息呢？」若是能藉此得知自己不良的生活習慣、是否生活過於散漫，或過度勉強自己，我們反而該對這些病痛「心存感激」。

17 要求自己正確，但不否定不正確

該用什麼方式問候最合適？我每次都為此傷透腦筋。

其實，說句「你好」就足夠了，但又覺得有點太正式。也許帶著微笑，什麼也不說的並肩而坐，好像就能不那麼尷尬。

今天我想聊一聊，關於生活的準則。長大之後，脫離了師長、父母的羽翼，也許習得了一些技能，好像就沒什麼事是不能做的，所有限制與界限，幾乎都是憑個人自由心證。當然，我們多少會受制於他人的評價與目光，但認真說來，除了法律之外，並沒有很明確的界線，規範我們該如何去做。

說起來，這有些令人恐慌，雖然小時候總希望能快點長大，就能獲得自由；真正掌握自由後又發現，**毫無依據的做出選擇，是非常困難的事。**我想，這可能就是人們需要宗教的原因。

我在大約十八歲左右時，第一次閱讀手塚治虫的作品《佛陀》，在那之後也反覆閱讀了好幾次，這是我最喜歡的漫畫。我過去曾將《佛陀》帶到美國，帶著大約十二本的書一同旅行真的很辛苦。但是，對於那時的我而言，《佛陀》的存在是我心靈唯一的寄託。我相信不論發生什麼事，只要帶著它就絕對沒有問題。

詩人辻誠在小時候，和父親辻潤[7]一起到巴黎旅行時，據說帶著共四十一集的長篇歷史小說《大菩薩嶺》同行，而我則是帶著，共十二本的漫

7 辻潤（一八八四年十月四日至一九四四年十一月二十四日），日本達達主義的關鍵人物，同時也是畫家、翻譯家、思想家。

畫《佛陀》。

在《佛陀》中，有個名為「八正道」的教義。當我年輕時，儘管沉浸於某件事情而達到忘我的境界，卻不知道自己該以什麼為核心準則去行事，也不清楚自己該遵守什麼規定。而正是在那個時候，我與「八正道」相遇了。

八正道，即是確實的了解、正確的思考、合宜的言語、正直的行為、正當的生活、踏實的努力、公正的判斷、恆久的定力，共八個教義。

我相信只要遵循這些原則，一定就沒有問題。在過去，如浮萍般四處漂泊的我，處於慌不擇路的狀態，將這些教義時時刻刻掛在嘴邊，並書寫在紙上，嘗試將其融入我身體內每一個角落之中。儘管現實有許多辦不到的事情，但我還是相信著「八正道」。

到底什麼是正確的？雖然要找到解答非常的困難，但我認為，這正是人生中所必須學習、煩惱、思考與面對的一個歷程。

每天，我都會問自己，是否充分了解事物的樣貌？思考的方向是否正確？說出口的言論是否合宜？行為舉止是否正直？生活是否堂堂正正？每一分努力都問心無愧嗎？做出的判斷是否公正？能維持恆久的定力嗎？共八個原則。

如此自問自答的日子，一天也不曾停歇，直至今日。但是，在自問自答的同時，我不得不面對自己的欲望，而我卻也一直臣服於自己的欲望。

若有人詢問我，從年輕到現在一路都做了些什麼？我會回答，我將所有的時間都用在遵行八正道上。這樣聽起來很像在耍帥，但真要說起來，這是我唯一持續至今的自主學習。而從中獲得的體悟、想法，後來都轉換為我在工作、生活上的助力，讓我把事情做得更好，並避開外在的誘惑與紛擾。

所以，說是《佛陀》的八正道，造就了現在的我也不為過。

從遵行、內化，到新生的人生哲學

我就這樣日復一日的實踐八正道，在某一天，我的腦海中誕生了「誠實、親切、笑臉、今天也有禮貌」等，屬於自己的生活原則。其實，「誠實親切」這句話真正的主人，是詩人高村光太郎，我只是借用而已。

要做到所謂的正確的確不容易，但有件事必須謹記在心——絕對不要否定不正確的事物。畢竟，正如我前面所言，還在法律規範內的所有行為，即使不正確、即使遊走在灰色地帶，那也都是每個人依循自己的價值觀，所做出的選擇，並沒有絕對的是非標準。理解那些人採取行動背後的動機，反而能幫助你更確立自己的原則。

後來我漸漸體會，自己所依循的「正道」，就是「愛」這件事。是的，所以就是去思考「八個愛的方式」，雖然我絕對無法對人說出如此令人害羞的話語。對我而言，能這樣說出自己的想法，已經是一大進步了，畢竟，我為了這個目標，已經努力了幾十年。未來，我還是會以愛為正道，繼續實踐。你願意陪伴我同行嗎？

微建議⑰

⊙了解沒有所謂的敵人和朋友。

即使你的身旁有很難相處的人，有對你抱持著仇恨的人，他們並不是敵人也不是朋友。敵人就是朋友，朋友就是敵人。雙方都是自己學習的對象，是能夠讓自己成長的必要存在。不要太在意任何一方，保持平衡非常重要。為了做到這點，自己的**心中必須持有兩個以上的「價值觀」標準，並維持著良好的平衡**。

⊙想起人生中必須實現的約定。

人生是很短暫的，學習的機會轉瞬即逝。我發覺到這個事實，是在我年齡增長的時候、在面臨自己最不擅長的事情的時候。在面對自己最脆弱的一面時、也是在我想起自己的人生中，必須實現的約定的時候。

18 路，因欲望而平坦，但別養胖了心

接續著前一篇，這次是有關欲望的話題。

生活中有著各式各樣的煩惱，工作上也會遇到各種困境，當人生中充滿痛苦的時候，你會想要拋下一切，前往某個不知名的遠方，只想像冬眠一樣，把自己縮成一團，一動也不動。

但是，當你真的快要撐不下去的時候，如果發生了一小件讓你感到開心的事，儘管只是微不足道的快樂，也足以讓你再次振作，在即將崩潰前懸崖勒馬、保持自我，我一直都覺得，這樣的日子或許就是所謂的生活。

我認為的欲望，就是想做什麼，就能做什麼、成為什麼，也是人成長的動力。直到現在我也有無數的欲望，這個也想做、那個也想要，也常常想「要是能成為那個樣子就好了」。

但是，我的想做、想要和想成為，並不是指立刻就能夠做到的事情，而是某種像目標一樣的存在。其中包含沒有達成某件事物的懊悔，或許還帶有一些不滿的情緒。

我知道，自己不做點什麼的話，將無法滿足自己的欲望，我也知道做點什麼，並不是像嘴巴說說那麼簡單。必須在生活、工作或人際關係中，盡自己最大的努力去學習和挑戰，將自己的潛力發揮到極限。

我的理解是，欲望是為了達成某個目的的能量和原動力，因此我覺得欲望是非常健康的心理。

將生理上的欲望先擱置一旁，自己心底蘊藏什麼樣的欲望，是很重要的問題。根據自己抱持著什麼樣的欲望，名為人生的道路將會就此展開。

讓欲望在生命中開出花

正因如此，你有自己相信的、學習的、思考的、貫徹到底的事情，以及如何去做這些事的方法，而我認為，「是否去做」的這一步是最重要的。

是的，就算不在「做」或「不做」之間做出選擇，人還是能夠繼續生活下去，想著以後再思考要相信什麼、該學習什麼和如何去做，結果光陰似箭，一眨眼就過了幾十年。事實上，我自己就糊里糊塗的度過了幾十年。

可以說，欲望決定人生的走向，雖然一生會充滿各式各樣的欲求，有些稍縱即逝，有些常駐在腦海中揮之不去，其實，只要遵循著你最渴望的那一項欲望前進，必然能在人生中開出豔麗的花。如果真的能順著欲望，過上理想的生活，縱使過程沒那麼簡單，也算是隨心所欲的人生。

是的，人生就是將欲望化作力量，並將其開拓為一條道路。或許道路會又細又長，但在這條道路的前方一定會變得既開闊又平坦。雖然我認為欲望是相當私人的事物，但當你在渴求時，應該把前路想得更開闊、沒有極限，這麼一來，必然能達到你想到達的地方。

你有著什麼樣的欲望呢，果然人生就是從欲望中學習。持有欲望，並決定「做」與「不做」。而「做」這個選項又與忍耐相關，將道路延續下去是需要付出許多忍耐的。

若有人問我的欲望是什麼，我會回答滿懷希望。雖然聽在別人耳裡，彷彿是在迴避他人的問題。但別人怎麼想，不是我能控制的。反正對我而言，欲望就是希望，而我的欲望，就是期待自己能一直滿懷希望。

今晚好像特別冷，小心不要感冒了，晚安。

微建議 18

⊙別把心養胖了。

任何人都有欲望，這是很健康的。「想這樣做，想成為這樣的人」，人們正是因為有著這樣的欲望才會學習，並藉由學習而成長。但是，小心別讓欲望化為貪婪。人若沒有「吃的欲望」是無法生存下去的，但若已經吃飽，卻將欲望化為貪婪，「想再吃更多更多的東西」，那麼人就會發胖，並危害到自身的健康。不僅是食物，這也適用於所有的欲望。

⊙嘗試將欲望培養成願望。

來自於欲念的希望，稱為欲望。來自於心願的希望，則稱為願望。願望比起欲望更加的純潔，有著能讓許多人變得幸福的力量。嘗試巧妙的控制健全的欲望，將其轉換為願望是最理想的狀態。

19 實踐「不生氣」

每當天冷的時候，我就會想起，小時候媽媽會讓我把手放進她的外套口袋裡取暖，我們手牽著手走著，那時候我大概五歲吧。

我很喜歡母親的手，雖然摸起來因為乾燥而有點粗糙，卻非常的溫暖。母親總是對我說：「為什麼你的手會這麼冷呢？」然後為我取暖。雖然手牽著手讓我有一點害羞，但心裡其實非常開心。

閒話說完了，接下來我想聊一聊關於忍耐的話題。請讓我坐在你的身旁，就如同往常一樣。

總覺得不論做什麼事都需要忍耐，我一直都認為，所有的事物都是一種學習，儘管遇到不合理的狀況，我也會當作是學習的機會，試著去接受。儘管對方態度惡劣、被惡言相向、被失禮的對待，總之就是忍耐，盡可能不讓自己生氣。

雖然有時會感到哀傷、感到痛苦或遭到傷害，但我不會為此大發脾氣。以前的我不是這樣的，過去的我不想被誤解，希望大家都能認同我，因此拚命做很多事，期待別人能了解我真正的想法，有時候太過急躁，就無法控制住情緒，後來才發現，**生氣無論對自己或他人，一點好處也沒有**，完全就是一種發洩而已。有人說，發脾氣才是好事，悶在心裡一定會生病，但我認為，不顧他人的宣洩情緒，然後擺出一副什麼事都沒發生過的樣子，這其實非常不負責任。因為這不但沒有解決問題，還無端讓他人遭受到心理上的壓力。

從領悟到這一點後，我就告訴自己，絕對不生氣了。雖然聽起來就像個精神口號，但我可是非常認真的在執行。

溫柔而堅定的持續溝通

現在我想發火時，就會想起小時候，祖父對我說的一句話：「不想生氣卻滿腹怒氣時，就笑一笑吧。」過去我不太懂這句話的含意，直覺反應：「都氣得半死了，怎麼可能笑得出來？」但自從我立定不生氣的目標後，這句話對我非常管用。

當然，不生氣不代表沒主見，我還是會表達自己的想法，不會讓自己被別人牽著鼻子走，也不會刻意迎合、討好他人而跟風。

我會溫和但堅定的表達自己的立場，有條有理的說出自己的主張，儘管別人不認同，我還是會把想法說出來，而且語氣中絕對不帶任何怒氣。

這樣做之後我才發現，之前會動怒，都是因為希望對方能聽我的、理解我的看法，但其實理解到認同之間，是有一段差距的。而且，當調整好心態，**從渴望獲得認同，到只是闡述自己的想法，這麼做就能讓口氣和緩很多**。畢竟，溝通不是單向的，也一定會有所分歧，這也才能讓人獲得更多元的思考面向、持續進步。

所以，即使發生令人很不愉快的事，我也絕不發火，忍無可忍的時候，只要閉上嘴，一個人行動就可以避免動怒。我不會擺出不悅的態度，就算是會被人當成「濫好人」、「沒脾氣」而遭到利用也沒關係。

「哼，怎麼樣，這樣你還不生氣？」儘管受到接二連三的挑釁，我也絕不動怒。感到難過的時候，看看夜晚的星空就沒事了，快要生氣的時候，就喝點水吧。

不過，生氣和教訓可是兩回事，很多人會將這兩件事混為一談。但糾正錯誤，這是非常重要的事，絕對不能得過且過，但口氣嚴厲的教訓，或帶有情緒字眼的糾正，就是表達者自己的問題了。既然教訓的本意，是希望對方做出正確的行為，那麼更應該好好的說，帶著情緒字眼的用詞，只會讓人更想反抗，人不就是這樣的動物嗎？

你覺得呢？雖然生氣是一種本能，也是人之常情，但也沒有任何規定，生而為人一定要動怒。

不動怒非常不容易，即使將不生氣作為自己的信念，還是會有忍不住的時候。但是，一旦決定不生氣，包含自己的生活方式在內，所有的事物都會跟著產生變化。

每個人為了活下去，必然都在忍耐著許多事，人生中多數的時候，就是忍耐，但我相信這樣的忍耐，可以成為絕佳的學習機會。

當你想生氣時，請試著想起「話說回來，松浦好像有說過這種話呢」。我們一起學習，從今天起再也不當輕易生氣的人。

不生氣的話，會有許多好事接踵而來（這可是個祕密，我從來沒跟別人提過），就當被我騙，試試看吧。

請讓我陪著你，一起努力。好嗎？

謝謝你，晚安。

附註：

這篇文章發表後，接到了雪片般的回信，感謝各位捎來的訊息。這些留言成就了一個契機，讓我能藉此重新思考關於忍耐的事情。

不生氣就無法傳達想法，不生氣就無法改變任何事情，不生氣只會讓狀況變得更糟，不生氣的話……思考了一下關於生氣這件事，確實有各式各樣的情況。有許多不生氣可能就會錯過的事，或造成遺憾，確實是這樣。

即使如此，我還是認為還是別生氣比較好。雖然我無法完整說明，但心裡就是這樣感覺，並如此堅信。

因為，我能感受到，在忍耐的前方有著原諒、接受、認同等，類似於愛的情感，而這正是我不斷追求的，你也是嗎？

聊個題外話，我正在重新閱讀安東尼．聖修伯里（Antoine de Saint-Exupéry）的《夜間飛行》，第一次閱讀已經是二十年前的事了，這是我非常喜歡的一本書。現在讀著這本書，我覺得聖修伯里實在是太偉大了，他告訴了我何謂真正的勇氣。

二十年前閱讀這本書時喜歡上這位作家，儘管事隔多年，卻發現自己依然喜歡著他，真的是讓我非常高興。曾經一度喜歡上的事物，在多年後還能奇蹟般的再次愛上，這是相當珍貴的經驗，也是愛的美妙之處。

因為，我們或許會在多年後，愛上從前所愛的事物，並且因為當時的悸動，而感受到更濃烈的情感，但憤怒這件事只會隨著時間消散，就算你想一直記著仇恨，隨著時光推移，最後只會連自己怨恨的是什麼也忘了，那時往往會發現，自己為了一件記不得的事發了一頓脾氣，實在太揮霍光陰了。

微建議 19

◉「原諒」是能夠讓你向前邁進的契機。

憤怒與敵意一旦在心中定型，便會化為長長的繩索並延展開來，將自身束縛、變得動彈不得。若你想前進，就試著去原諒吧。原諒，是能夠讓你向前邁進的契機。

⊙原諒不是放棄，是為了繼續前進。

原諒，並不是放棄，不代表你裝作不知道或無所謂，也不代表你對這件事漠不關心。人會在原諒中學習，然後向前邁進並獲得成長。所以，原諒所有的人事物吧，然後你就會發現，其實原諒並不是為了他人，而是為了自己。

⊙儘管原諒了，還是明確的說出自己的想法。

原諒，並不代表你必須隱忍所有的事情。若有著不同的想法，就將自己的意見明確的表達出來。直接的說出「我認為那是不對的」或「我是這樣認為」，是很重要的。

20
獨處

我回來了，有種出了一趟遠門後總算回家了的感覺。

我很高興能夠像這樣，有再次跟你聊天的機會。我的心真的是在外遊歷很久了。帶著微笑坐下，我們要從哪裡說起呢？讓我坐在你身旁，輕鬆的聊一聊。

首先，最近每天都會收到很多來自「生活基礎」的訊息，我真的很高興，在此我想向大家說聲「謝謝」。

有想法時再寫就可以了，只要堅持不懈的為了自己寫點什麼，不論是之後修改或消除，總之留下紀錄是最難能可貴的。如此一來，那些言語會在你心靈某處，留下淺淺的痕跡，那是你日常所見、所聞、所感覺到與所思考的，是自我感受的證明，也是當你在向前邁進時，不迷失自我的關鍵。

這讓我突然想談一談，關於「回歸自我」這件事，找回自己，回歸自我本色。是的，我想要回歸自我，想要找回自己喜歡的、討厭的、感到高興的、感到悲傷的與感到快樂的事物，我想要重新尋回，這些我所失去的。

我們每一天，都在各種事物的影響下工作和經營生活。處理各種突如其來的狀況，時常為此調整自我，努力包容著所不能接受的事、不斷改變，並盡量在這之中取得平衡。但如此一來，我們將會變得越來越不像原本的自己，以心情舉例，總覺得自己變成了一個迷路的孩子。現在的自己到底是哪個自己呢？不由自主的隨波逐流、與世浮沉。

日前，我去了位於中野區江原町的「東京兒童圖書館」，這地方實在是讓我嘆為觀止，數不盡書架塞滿了大量的繪本和大量的書，當我看到孩子們在聆聽大人念故事時，我發現這個場所是能讓我找回自我的地方，真實的自我原來就在這裡。我想起過去，專注的看著《艾摩與小飛龍的奇遇記》的地圖的自己。

這還是我第一次寫出這樣的心情，其實我喜歡繪本、童話，也很喜歡傳奇故事。投入那些遠離現實世界的故事中，就像在心中展開新的旅程般，所有看似絕對不可能成真的事，在故事裡都能成為可能。閱讀這些故事時，我就像回到過去，那個對世界充滿信任、無所畏懼的孩子。沉浸於那樣的世界和氣氛中，能讓我感到安心，並使我的心感到溫暖。

簡單的說，我認為不想成為大人、孩子氣的自己，或許才是最真實的樣貌。至少，待在充滿了小孩子的「東京兒童圖書館」，我似乎能感覺到、並回想起最原本的自我。

逃避現實，是長大的特權

某些人可能會將這種行為，解釋成是在逃避現實。事實上，我只是了解到，原來到東京兒童圖書館，我就能夠「回歸自我」。之前很長一段時間，我的心情一直都穩定不下來，處於迷失的狀態。因此，能夠體驗到什麼是回歸自我，讓我感到非常幸運。

這樣的心境和自己的狀態，讓我發覺自己的心理平衡或許有些失常，但我知道，其實自己並不是那麼的堅強，不知不覺中，作為大人應有的作為、技能和智慧等，這些意識又會慢慢使我遠離自我。

你是怎麼想的呢？想要維持自我其實相當困難，我斷斷續續的想著這些事，就這樣度過了週末。雖然有點渾噩，但沒關係，即使是大人偶爾也會迷失方向。

好好珍惜孩子般的自己，回想起孩童時期的自己。在這之中或許有著能夠讓你「回歸自我」的提示。

過去有一段時間，我將心靈封閉了起來，努力讓自己表現得像個大人，卻越走越迷惘。當我漸漸憶起童年才恍然大悟，成長的過程不是覆蓋、蛻變，而是獲得。因此每個人都應該有成熟的樣子，但也不需要刻意遺忘曾經身為孩童的自己，相信這樣的想法，能對你有所幫助。

微建議 20

⊙偶爾一個人出門去旅行吧。

在日常生活中，很少會有一個人獨處的時間。而旅行，就是離開你所在的地方，一個人前往異地。旅行能讓你面對自我，偶爾出門旅行走走吧。

⊙出發，是為了回歸。

和家人、朋友一同出門，見識稀有的景點與吃遍美食，這並不是旅行，而是觀光。觀光是單純的享受遊玩樂趣和人與人之間的相處，並沒有思考一些事情的時間。但是，旅行則是為了尋找自我而存在，旅行在人生中是不可或缺的，沒有旅行過的人，就無法體驗真正的獨處。出門旅行吧，旅途上你將與獨立的自我相遇。

21 點出錯誤，是為了修復

你今天過得好嗎？這麼晚了，我還是小聲點吧。如果不介意，我想像平常一樣，坐在你身旁一起聊一聊。

夜裡，我常會一個人發著呆，放任身體慢慢陷入沙發裡，不過這麼做，根本無法喚來睡意，只是單純發呆，天馬行空的想著各種事情。

那件事那樣做真的沒問題嗎？自己這樣真的好嗎？今後到底會發生什麼事情……大概都是在思考這類問題。

不過，主要都不是正確與不正確之間的抉擇，而是在我不知道的地方，有沒有人受到傷害、有沒有人感到難過？我時常會掛心這些事情。

覺得「錯誤」的事情，就要儘早說出口。如果不這麼做，錯誤就會蔓延，並且往不正確的方向前進。

小學時，我有位罹患不治之症的朋友，因為生病的事被一個女孩子嘲笑，一開始他默默忍耐，但她越說越過分，我那位朋友最後終於無法忍受，生氣的哭著揮拳揍了那位女孩。因為這件事情，朋友被對方父母和老師狠狠罵了一頓，他們一味的指責他：「男孩子怎麼可以對女生使用暴力。」

當時，他沒有對自己打人的原因多做解釋。不，應該說是難以說出口吧，畢竟是有關他生病的事。

我在旁目睹一切真相，心裡總覺得這是錯誤的。

某天晚上，我單獨前往那個女孩子的家，跟她父母說，她當時說了多過分的話，應該被罵的不是我朋友，而是那個女孩子才對。那天晚上，女孩看著我的眼神，我至今仍印象深刻。

隔天，我被學校老師叫過去，斥責我昨天晚上的行為，說我有必要為朋友報仇做到這樣嗎？結果我所認為的錯誤，沒有受到糾正。朋友知道了只是說：「算了啦。」但我回答：「不能算了。」他沒有再繼續回話。

直到最後，那個女孩都沒有說出真相。但我相信，那個女孩的雙眼，她從眼神中透露出「對不起」的訊息。

點出錯誤可能事情還是不會有改變。不過，被指出錯誤的人，或多或少能從這件事上學到什麼，或許沒表達出來，但多少會在內心感到愧疚，這樣已經足夠了。當然，我也不會忘了說出真相的那一刻。

各位覺得呢？我本身當然也會犯錯，這點我比誰都清楚。明確指出錯誤之後的心情，更是格外煎熬。在我不知道的地方，有沒有人因此受傷、因此感到難過？儘管如此，我還是選擇將自己認為錯的事說出口。

這種時候，總是有人會說：「算了啦。」我就會堅持「不能算了」。另一方面，卻又對自己的雞婆感到煩躁，也擔心在我看不到的地方，是不是會傷害到誰？會不會有人因此感到難過？

我絕非出於一時衝動，或是因為想爭什麼、想責備對方，才點出那些錯誤的，只是不希望真相被錯誤所掩蓋。

我這樣的做法，可能也是種「錯誤」，這我自己也很清楚。既然把錯誤說出口，也可能是錯的，是不是還是保持沉默比較好？在這點上，我還有許多需要學習的地方。夜裡，我總是獨自一人發著呆，淨想著這些。

各位又是怎麼想的呢？

微建議 21

⊙做了決定，就不輕言逃避。

傷害、破壞、失去……這些遭遇看似戲劇化，卻與我們的日常生活息息相關。人類是很脆弱的，很容易就會犯錯，總是容易傷害誰、破壞什麼、失去許多人事物。最重要的是，在經歷傷害、破壞、失去的遭遇之後，不去選擇逃避。**我們不必尋找全新的，而是該優先考慮「修復」這個重要選項。**

⊙用三倍的努力來補救。

當自己受了傷，可能會一邊大叫：「好痛！」一邊想辦法急救。面對自己以外的人事物，也是同樣道理。不能隨意傷害他人，如果傷害到別人，就必須採取急救跟治療措施，使對方的傷口盡速復原。想治好傷口，得用三倍的努力，要重建毀壞的人事物，則需要五倍的努力。如果想挽回一度已經失去的人事物，就需要十倍的努力才能夠做到。只要堅持不放棄，努力不懈，總是能夠修補跟挽回的。

⊙修補的行為，足以重建信任。

不願採取補救措施，而選擇直接逃避的人，還是能夠繼續向前走。但是，這樣的人會在不知不覺之間，失去所謂的信用。在這世界上，如果一個人缺乏信用，就會錯失許多重要的人事物。大多數人會認為，從零開始完成些什麼，是種「創造」的行為，不過，**修補同樣也是「創造」的一種**。雖然沒有人會特別下指示，也是項辛苦且無趣的工作，但名為修補的創造，就是人生當中偶爾會出現的考題。不逃避、認真面對，才是上上之策。

22 我光是聽到孤單這個詞，就會恐懼到全身顫抖

小時候，我曾經因為晚上想見朋友，直接走到對方家門前，卻又猶豫著該不該敲門。結果還是朋友的媽媽發現我，才把我的朋友叫出來。

「哇，彌太郎，你怎麼來了？」朋友問道。我只回答：「沒有啦，其實也沒什麼特別的事。」對方見狀，接著問：「你要進來嗎？」於是，我就這樣進了朋友家，還跟他的家人一起看電視、聊天。但在回家路上，我卻感到格外寂寞，眼淚撲簌簌的落下。

明明有家卻不想回，那段時期，我經常夜晚流連在商店街或公園。怎麼

說呢，當時就是單純不想面對現實與自己的家人。那時候年紀還小，卻總覺得現實壓得我喘不過氣來。

我在紐約認識的朋友武史，也是孤單一個人。他在第五大道的某個角落，販賣自己的畫作。那時，他經常到我租的旅館來找我，那是一家位於西中城，非常廉價的旅社。

「常有人說，孤單的人大多是個性古怪的人，但我覺得，那是那些人不懂得真正的孤單，才會那樣說。我光是聽到孤單這個詞，就會恐懼到全身顫抖。看到彌太郎的笑臉，我就覺得，那一定是充分了解到孤單的笑容。心裡想著，這個人到底獨自待了多久？」因為沒有椅子，武史就坐在地板上，一派輕鬆的說。

武史每當畫了些新作品，就會拿來給我看。如果畫賣掉了，他有時還會請我吃甜甜圈。他特別崇拜威廉·柏洛茲（William Burroughs II），總是穿著一雙模仿柏洛茲的黑色皮鞋。宛如過去的我一樣，武史有時晚上會在我的房門前走來走去，透過腳步和口哨聲，等待我發現他的到來。

「武史，怎麼來啦？」我問。

「沒有啦，其實也沒什麼特別的事。」他彆扭的說，臉上的神情，就像我深夜跑去朋友家門口那般無助。

「你要進來嗎？還是我出去？」我問。

聽我這麼問道，武史就會低著頭回答：「有點想聊聊就是了。」

「那我們等一下去第九大道的甜甜圈店吧！」我知道，武史最喜歡的就是淋上滿滿白巧克力的甜甜圈了。「嗯。」武史臉上露出了微笑。

「光是聽到孤單這個詞，就會恐懼到全身顫抖。」這是我一輩子也忘不了的一句話。

雖然我也了解，孤單是身為人類必須面對的課題，但它確實令人感到恐懼。那種感覺我再懂也不過。所以，如何與他人接觸、相處，如何體貼他人、愛人，生存在這個世界上……面對這些課題，我只能咬緊牙關，即使跌了一次又一次，我也會再度站起身來——為了不失去希望。

時至今日，我有時也會心想，在門的那一側，會不會還有個人站在那兒等我開門？如果有，我仍然願意立刻打開那扇門。因為許多時候，我也是希望有個人能替我開門。

今晚，謝謝你聽我聊一些往事。最近的天氣似乎暖和了不少，下次就讓我們邊走邊聊吧。在夜晚散散步，也請讓我聽聽你的故事。

晚安，請保重身體。

微建議 22

⊙當發生的全都是好事，就是一件壞事了。

假如每天都只有好事，沒發生什麼特別的問題，一整個星期下來心情應該很不錯。但這種狀態如果持續一個月，甚至是一年，**人就會失去動力**。世事往往難料，必須從煩憂與痛苦當中學習，人才有成長的空間。當遭遇痛苦、煩惱或矛盾，務必鼓起勇氣，正面迎擊。

⊙上天不會給你過不了的考驗。

時常聽到一種說法：「上天不會給你過不了的考驗。」這句話在毫無原因，整天就是感到煩躁的日子裡，無疑是一劑強心針。平時就可以準備幾句，在睡不著或沮喪時，為自己打氣的句子。如果沒人對我說，那就自己對自己說吧。

⊙在孤單的海面上，其實有許多艘「救生艇」。

你選擇孤身作戰，獨自開著一艘小船，航行在暴風雨的夜晚。堅信著只要不放棄，早晚能夠穿越這片海域的。即使在當下認為，「我是靠自己的力量克服的」，總有一天會發現，無形中其實受到許多人的幫助。不可思議的是，**這艘救生艇，似乎只有忍受過極度孤單的人才看得見。**

⊙別讓自己成為「可憐的犧牲者」。

即使再怎麼難過、辛苦，甚至遭遇不平等的待遇，一旦把自己定位成犧牲者，所有的努力都會成為泡影。把自己視作「可憐的犧牲者」可能比較輕鬆，也或許是一種暫時逃避的方式，但人會因此停止學習、無法繼續作戰，並且讓自己的處境，變得越來越孤單。

23 好好生活，何謂平衡？

我今天想談一談，關於「平衡」這件事。

讓困難的事物變得簡單，讓簡單的事物變得有深度，讓有深度的事物變得有趣，讓有趣的事物變得認真，讓認真的事物打亂規則，讓打亂規則的事物筆直發展，讓筆直發展的事物適可而止，讓適可而止的事物歡欣鼓舞，讓歡欣鼓舞的事物若不經意，讓若不經意的事物明確呈現……寫作也是同樣的道理。

在買了新的筆記本之後，我一定會在第一面寫上這段話。這是作家井上廈面對自身工作的心境，也是他的人生哲學。這是段多麼淺顯易懂，貌似理所當然，卻又如此崇高的一段話。

這段多年來我熟悉的句子，每次在閱讀時還是會有所感動，可以說是智慧的象徵，井上老師構思的所有作品，也都是以這段話作為基礎。光是讀過一遍，就能讓人打起精神來。井上老師在這段話的最後一句寫道：「寫作也是同樣道理。」我建議，可以將「寫作」兩字替換成屬於自己的關鍵字。

如果要我找出這個關鍵字，我會選什麼呢？思考了一段時間，我認為，應該就是「樂趣」吧。

正確、出色、優美……比起這些事情，我們在工作、生活上所體會到的樂趣，才是最重要的。如果缺乏樂趣，即使再有價值的事物，也會使人感到意興闌珊。但另一方面，越是努力、投注越多個人情感，很多事情也會慢慢變得充滿樂趣。

我過去就曾在《生活手帖》上，用斗大的標題寫著「真實才會有趣，有趣才會實用」。在負責《生活手帖》這本刊物時，無論是什麼題材，如果不夠有趣，就什麼都不用多談了。《生活手帖》比起正確性，更注重題材的有趣程度。那句話的意義在於，我們能從現實生活中找出更多有趣的事，希望讀者能藉此享受生活的樂趣。我也常被創辦人大橋鎮子這樣說：「你啊，根本只對有趣的事物才提得起勁。」

不知為何，人總是有將事物一分為二的習慣，黑或白、對或錯、善與惡、好與壞。但在這同時，我們是否也該擁有，使兩者共存的平衡感，就像人們珍惜性格中的優點與缺點。該說是矛盾，或是中庸呢？人不正是因為如此，才顯得格外有人情味、才特別可愛嗎？

這也許就是我們做任何事的最終目標，也是井上老師想表達的。我想維持那恰如其分的平衡感，雖然確實困難，但我不會輕言放棄的。

小時候，我曾經閱讀過詩人高村光太郎寫的一首詩，名為〈最糟也最棒的路〉。讀完那首詩，我頓時感到豁然開朗，並且自此深信最糟與最棒的選擇，確實就如同光與影般相輔相成。那時的感受，真的就像被雷打到一樣。

自己的確有所不足，不過沒關係。在接受這件事的瞬間，我感到如釋重負。所以「自己是最糟糕的，同時也是最棒的」、「自己是最棒的，同時也是最糟糕的」。這樣就好。就這樣相信自己、愛自己就夠了。反正，我對自己的期許，一直都僅是變得更有趣而已。

井上老師的這段話，也可以用在生活中。人生，一定會遇到些讓人無法抑制悲傷的事。不過，與其直接投降、選擇放棄，不如更相信自己、接受、多愛自己一點，讓自己變得更有趣，這樣的人生，相信也會充滿樂趣。

希望還有機會與你聊天，晚安。

微建議 23

⊙活著，如此積極美好。

人之所以會誕生，是因為自己想來到這個世界上。「沒錯，我想誕生在這個世界！」人們自告奮勇的高舉起手來，才獲得了生命，所以也應該具備一定的目標：「出生以後我要做這些事情！」但大多數人卻遺忘了這件事。好的事、壞的事、高興的事、難過的事、正確的事、錯誤的事，所有事情的起因都在於「自己」。**是自己希望有所體驗，才會發生這麼多不同的遭遇。**活著，就是如此積極且美好的一件事。

24 別忘了持續加溫

今晚，我們就邊走邊聊吧。緩慢的、邊發著呆，悠閒的散散步，累了的話就找個地方坐下，飄雨的話就走進樹蔭避雨。

我最近忽然想到一件事。所有東西是不是都有重新加溫的必要？無論是什麼，隨著時間過去，原有的溫度必定都會下降。要隨時保持相同的溫度，可不是件容易的事，得付出相當程度的努力……不，應該是要很拚命，畢竟沒有東西是不會冷卻的。

這麼說可能有些奇怪，不過我認為，冷卻是很正常的事情。在某個意義上，這是自然現象，不是任何人的錯。正因如此，面對逐漸冷卻的現象，不應該心存怨懟或直接放棄，在察覺到溫度漸退時，就應該採取行動，就算只是稍微加溫一下也好。

雖然可能無法回到剛出爐的熱度，但只要用心加溫，至少能夠回到掌心的溫度，觸碰時不至於冰冷。

重新加溫確實有些費工，但就是那股努力的拚勁，才能成就通往幸福的道路。這樣的心態必定能使人成長，同時也是經營人際關係的訣竅。

當然，有時你可能會感覺到疲憊，但請別放著他不管，即使只用掌心的溫度稍微加溫，也會產生不同的變化。

這道理就像剛做好的料理雖美味，重新加熱後也不輸原有的風味。我認為，在許多事情上都是同樣的道理。

因此，請仔細觀察在自己身上或周遭，是不是有必須重新加溫的人事物？如果有，又該用什麼樣的方式來溫暖它呢？

從加溫這個角度檢視與周遭的連結後，我得到了一個體悟：「生活既是創造，也是加溫的過程。」許多東西都會冷卻，為了不讓他們冷透，就要花時間一一加溫。這個重新溫暖的過程，就是人們加深關係、創造深刻回憶的重要時刻。在過程中，可能會重揭傷疤、讓你回想起不好的事，但必然也會憶起令人懷念的過往、幸福的瞬間。然後發現，所有過去，都是為了美好的現在。

在生活中，一定會遇到剛出爐與等待加溫的人事物，我們或許總是容易被剛出爐的吸引，而忘了持續加溫舊有的事物。我自己就是個例子，總是忘記這件事，直到現在也一樣。我想，是時候該重新加溫了，對自己，以及跟自己有關的人事物。各位覺得呢？

晚安，今天請好好休息。

微建議㉔

⊙別走回頭路，拿出內心深藏的勇氣。

即使學習到許多事物，人還是很容易就會回歸原本的模樣。有時說聲「算了」就想放棄，或選擇回歸原本的做法來逃避。為了避免發生這樣的狀況，請拿出你的勇氣。從頭開始、重新加溫、持續挑戰的勇氣。這些勇氣會拉你一把，帶你遠離回頭的道路。

⊙勇氣始於感謝。

現在的自己，不是僅靠自己的努力形塑出的樣子。是在各種人事物及緣分的幫助下，才能成為現在的自己。如果明白這個道理，就不會那麼容易被打回原形。「大家都幫我到現在了，不能讓這一切都落空。」只要能這麼想，無論面對多艱難的處境，都能夠重新開始。用心修補，持續加溫。

國家圖書館出版品預行編目（CIP）資料

松浦彌太郎寫給凌晨五點的你：不想一個人、不想上班、覺得人生進度落後了……美學大師的微建議，關於生活中那些不美的事 / 松浦彌太郎著；林佑純譯.
譯自：泣きたくなったあなたへ -- 初版. -- 臺北市：大是文化，2018.05
208 面；14.8×21 公分. --（Style；26）
ISBN　978-957-9164-21-4（平裝）

861.67　　107003054

Style 026

松浦彌太郎寫給凌晨五點的你

不想一個人、不想上班、覺得人生進度落後了……
美學大師的微建議，關於生活中那些不美的事

作　　者／松浦彌太郎
譯　　者／林佑純
校對編輯／馬祥芬
副總編輯／顏惠君
總 編 輯／吳依瑋
發 行 人／徐仲秋
會　　計／許鳳雪、陳嬅娟
版權專員／劉宗德
版權經理／郝麗珍
行銷企劃／徐千晴、周以婷
業務助理／王德渝
業務專員／馬絜盈、留婉茹
業務經理／林裕安
總 經 理／陳絜吾

出 版 者／大是文化有限公司
臺北市衡陽路 7 號 8 樓
編輯部電話：（02）23757911
購書相關資訊請洽：（02）23757911 分機122
24小時讀者服務傳真：（02）23756999
讀者服務E-mail：haom@ms28.hinet.net
郵政劃撥帳號 19983366　戶名／大是文化有限公司

法律顧問／永然聯合法律事務所
香港發行／豐達出版發行有限公司　Rich Publishing & Distribution Ltd
地址：香港柴灣永泰道70號柴灣工業城第2期1805室
Unit 1805, Ph.2, Chai Wan Ind City, 70 Wing Tai Rd, Chai Wan, Hong Kong
Tel : 2172-6513　Fax : 2172-4355
E-mail：cary@subseasy.com.hk

封面設計／張哲榮
內頁排版／顏麟驊
印　　刷／緯峰印刷股份有限公司

出版日期／2018 年 5 月初版
再版日期／2019 年 11 月 28 月初版五刷
定　　價／新臺幣 320 元
ISBN　978-957-9164-21-4

大是文化

大是文化

大是文化

大是文化